CW01371952

EDITH SLAPANSKY

Was einem alles passieren kann

novum pro

Bibliografische Information der Deutschen Nationalbibliothek:

Die Deutsche Nationalbibliothek verzeichnet diese Publikation in der Deutschen Nationalbibliografie. Detaillierte bibliografische Daten sind im Internet über http://www.d-nb.de abrufbar.

Alle Rechte der Verbreitung, auch durch Film, Funk und Fernsehen, fotomechanische Wiedergabe, Tonträger, elektronische Datenträger und auszugsweisen Nachdruck, sind vorbehalten.

Gedruckt in der Europäischen Union auf umweltfreundlichem, chlor- und säurefrei gebleichtem Papier.

© 2024 novum Verlag

ISBN 978-3-99146-885-1
Lektorat: Isabella Busch
Umschlagfoto:
Yana Tatevosian I Dreamstime.com
Umschlaggestaltung, Layout & Satz: novum Verlag
Innenabbildungen: Karl Knüpfer
Autorenfoto: Anna-Maria Putz

Die vom Autor zur Verfügung gestellten Abbildungen wurden in der bestmöglichen Qualität gedruckt.

www.novumverlag.com

Inhaltsverzeichnis

Urlaubsgeschichten 7
   Barcelona 8
   Amalfiküste.................................... 22
   Hamburg 37
   Reisen in Etappen.............................. 47
   Kroatien 51
   Jesolo 76

Taxigeschichten 81
   Fredi 82
   Bei mir ned!" 86
   Freunde!....................................... 91
   Ferdinand 98

Achtung, Langfinger! 107
   Poldi 108
   Maria 112
   Else und ich 115
   Anna-Maria und ich 117
   Grete 118
   Vera 120
   Eva 122
   Helene 123
   Birgit.. 124

Und was einem noch so alles passieren kann! 125
   Rudi 126
   Ich hatte noch etwas Zeit!...................... 132
   Erben 135
   Noch ein Erbe 142
   Der Pulli, der ein Leben rettete!................. 147
   Danksagung 153

Urlaubsgeschichten

Barcelona

Meine Freundin Doris hatte viel Überzeugungsarbeit aufwenden müssen, um mich von einem Städteflug zu überzeugen. Ich war seit einem Jahr Witwe und sie meinte, dass mir eine Ablenkung guttun würde. Deshalb machte sie mir den Vorschlag, für vier Tage mit ihr nach Barcelona zu fliegen. Es klang sehr verlockend, aber ich war noch nie geflogen und obendrein ängstlich. Doris kam mir mit dem üblichen Spruch, dass mit dem Auto weitaus mehr Menschen verunglückten als mit dem Flugzeug. Sie hatte es nicht leicht mit mir. Ich war schwer zu überzeugen, das muss ich schon sagen. Aber sie brachte dieses Kunststück zuwege und ich entschloss mich kurzerhand, mit ihr zu fliegen. Daraufhin buchte sie bei einer Reisegesellschaft den Flug für uns beide, und ich musste mich um nichts kümmern. Bevor es dann wirklich so weit war, hatte ich noch einige schlaflose Nächte vor mir.

Eines Tages war es endlich so weit. Zu einer ausgemachten Zeit trafen wir uns in der Halle des Flughafens. Ich war hier noch Neuling und kannte mich nirgends aus. Aber nach all ihren Flügen hatte Doris diesbezüglich genügend Erfahrung und war mir in allen Bereichen eine gute Beraterin, und ich verließ mich voll und ganz auf sie. Trotzdem war ich immer noch ziemlich aufgeregt. Die Zeit, die uns noch bis zum Abflug blieb, verbrachten wir im Café bei einem Cappuccino, wo wir Pläne schmiedeten, welche der Sehenswürdigkeiten in Barcelona wir uns in den kommenden vier Tagen unbedingt anschauen wollten. Die Unterhaltung galt natürlich als Ablenkung für mich, was mir sehr wohl bewusst war.

Als dann endlich der große Augenblick gekommen war, an Bord zu gehen, war ich einigermaßen gefasst. Mein Gedanke war ganz einfach: „Du hast dich fürs Fliegen entschieden, also bleib ruhig." Als ich meinen Platz einnahm, hatte ich das Gefühl, dass ich mich in einem Autobus befand, nur dass es hier ein wenig enger zuging.

Sobald sich die Maschine in Bewegung setzte, schloss ich meine Augen und atmete tief durch, um mich zu entspannen. Nur als die Maschine dann plötzlich abhob, verspürte ich einen starken Druck in den Ohren, was mir ein ungutes Gefühl bescherte. Als die Maschine endlich ihre Flughöhe erreicht hatte und wieder in der Horizontalen flog, ging es mir gleich bedeutend besser. Zu meiner Überraschung bekamen wir auch noch ein Frühstück, eine angenehme Ablenkung für mich. Beim Essen und Reden rückten meine Ängste ein wenig in den Hintergrund, und die Flugzeit verkürzte sich. Gott sei Dank dauerte der Flug nicht lange, und ich war froh, als ich wieder Boden unter den Füßen spürte. Ich war sehr dankbar für die perfekte Landung, die der Flugkapitän hingelegt hatte, und verließ die Maschine mit einem Gefühl der Erleichterung. Dann wurden wir in einem Bus bis zum Flughafengebäude gefahren, wo wir von einem Fließband unser Gepäck holen konnten.

Eine nette Reiseleiterin, die das Namensschild ihres Unternehmens hochhielt, erwartete uns schon. Sie führte unsere kleine Gruppe zu einem Kleinbus, mit dem wir direkt ins Hotel Rialto fuhren, welches zentral lag. Unser Zimmer war klein, aber recht gemütlich eingerichtet, mit Blick in den Hinterhof, was uns wegen des nächtlichen Straßenlärms nur recht war. Schließlich wollten wir in dem Zimmer nur schlafen und nicht wohnen. Da wir die Absicht hatten, in den vier Tagen so viel wie möglich von Barcelona zu sehen, hielten wir uns sowieso nicht lange in unserem Zimmer auf. Wir waren begierig darauf, unsere Besichtigungstour so schnell wie möglich zu beginnen, und machten uns nur ein wenig frisch, bevor wir unseren ersten Ausflug starteten.

Da Doris der Meinung war, die Stadt auf eigene Faust zu erkunden, meldeten wir uns bei der Reiseleitung ab und machten uns eigenständig auf den Weg. Einen Stadtplan hatten wir zwecks Orientierung auf alle Fälle dabei. Da uns noch fast ein halber Tag zur Verfügung stand, entschlossen wir uns, als Erstes die Kathedrale zu besichtigen, die sich in der Nähe unseres Hotels befand.

Das wuchtige mittelalterliche Gebäude sah wie eine Festung aus. Es wirkte ein wenig düster und bedrohlich auf mich. Als wir bei unserem Rundgang in den Hinterhof kamen, sahen wir in einem Verschlag die schnatternden Gänse der heiligen Eulalia. Nach einer Legende hatten Gänse durch ihre Schreie die Menschen nachts vor einer Feuersbrunst gerettet. Aus Dankbarkeit wurden immer einige Gänse im Hof der Kathedrale als Glücksbringer gehalten. Nach der Besichtigung setzten wir unseren Weg zur berühmten Rambla – einer mehr als einen Kilometer langen und sehr breiten Prachtstraße fort. Studenten säumten als lebende Statuen den Weg und verdienten sich damit ein wenig zusätzliches Geld. Sie waren absolute Künstler, die vollkommen bewegungslos dastanden und keine Miene verzogen. Wir brauchten ziemlich lange, bis wir die ganze Schar zur Gänze abgegangen waren. Natürlich gönnten wir uns zwischendurch eine Kaffeepause und genossen die Atmosphäre des Spektakels.

Da wir die Absicht hatten, am Abend gut essen zu gehen, machten wir uns schon bald auf den Weg ins Hotel, um eine kleine Ruhepause einzulegen. Nach einem kurzen Nickerchen waren wir einigermaßen erholt und erfrischten uns unter der Dusche. Dann wählten wir die passende Garderobe für den Abend und machten uns auf den Weg ins nächste Vergnügen. Wir waren inzwischen auch schon hungrig, hatten wir doch tagsüber noch keine warme Mahlzeit gegessen und freuten uns schon auf etwas typisch Spanisches.

Auf der Suche nach einem passenden Lokal durchstreiften wir die Altstadt mit vielen gut erhaltenen mittelalterlichen Bauten. Auf einer Plaza fanden wir das genau für uns richtige Restaurant mit dem wohlklingenden Namen „Paellador de Marisco". Das Lokal war sehr gut besucht, und wir hatten großes Glück, überhaupt einen Tisch zu bekommen. Ein sehr netter Ober führte uns an einen kleinen Tisch, an dem wir zu zweit gerade Platz genug zum Essen hatten. Er reichte uns die Speisekarte und fragte sogleich nach unserem Getränkewunsch. Wir entschieden uns für Rotwein. Dann fragte er noch: „Einen guten?" Natürlich wollten wir einen guten Wein und dementsprechend war auch der Preis. Aber nachdem der Wein wirklich sehr gut gewesen war, tat uns das Geld keineswegs leid. Als Hauptspeise wählten wir eine Paella. Ein typisches spanisches Gericht. Auch diese war ausgezeichnet. Wir waren vollauf zufrieden. Nach dem köstlichen Nachtmahl bummelten wir satt und zufrieden noch einmal über die nächtliche Rambla in Richtung Hotel, wo wir uns zum Ausklang des schönen Tages noch einen Schlummertrunk in der Hotelbar genehmigten. Danach waren wir bettreif und begaben uns aufs Zimmer. Der Tag war ziemlich lang und anstrengend gewesen, sodass wir bald einschliefen.

Am nächsten Morgen begaben wir uns nach einem ausgiebigen Frühstück ins „Dorf Poble Espanyol". Für die Fahrt dorthin benutzten wir öffentliche Verkehrsmittel, mit denen wir uns inzwischen vertraut gemacht hatten. An diesem Ort fühlten wir uns in eine andere Zeit versetzt, so fantastisch war alles originalgetreu aus dem vorigen Jahrhundert aufgebaut worden. Ich hatte das Gefühl, mich in der Kulisse der Oper „Carmen" wiederzufinden. Mit etwas Fantasie konnte man sich gut vorstellen, dass Carmen plötzlich aus einem Lokal oder um die nächste Ecke kam. Bis zur Mittagszeit durchstreiften wir diesen faszinierenden spanischen Ort. Nach einer kurzen Pause im Café und einem kleinen Imbiss setzten wir unser Tagesprogramm fort. Wir hatten uns für den Nachmittag einen ausgiebigen Spaziergang im „Gaudi Park" vorgenommen. Wie schon bisher benutzten wir wieder die U-Bahn zum Park, um dann den ganzen Nachmittag ausschließlich dort zu verbringen. Doris und ich sind Jugendstilfans und freuen uns schon auf diesen einzigartigen Genuss.

Unsere Erwartungen wurden sogar noch übertroffen und wir kamen voll auf unsere Kosten. Das Auge konnte all diese großartigen Eindrücke kaum erfassen. Wir legten immer wieder kleine Pausen ein und setzten uns auf die meterlange Keramikbank. Selbst die Bank war aus winzig kleinen Keramikabfallprodukten gefertigt und ein Kunstwerk für sich. Um die farbigen Eindrücke in mich aufzunehmen, schloss ich für eine Weile meine Augen. Dann setzten wir unseren Spaziergang fort. Besonders angetan hatte es mir eine farbenfrohe, aus bunten Steinen gefertigte Echse, von der ich einige Aufnahmen machte. Es waren ganz einfach zu viele Eindrücke in zu kurzer Zeit. Aber zu Hause hatte ich die Muße, um mir meine Fotos in Ruhe anschauen zu können. Leider verging auch hier die Zeit wieder viel zu schnell, und der Nachmittag in diesem einzigartigen Park fand ein zu schnelles Ende. Wir waren auch vom ungewöhnlich vielen Gehen geschafft. Unsere armen Füße hatten gelitten. In einer Pause erweckten wir mit einem starken Mocca und einem großen Eisbecher unsere Lebensgeister wieder. Wir durften ja jetzt noch nicht schlappmachen. Schließlich hatten wir noch unser Abendprogramm vor uns, das wir wieder mit einem besonders guten Essen ausklingen lassen wollten. Wir hatten uns vorgenommen, an jedem Tag ein anderes, typisch spanisches Gericht auszuprobieren, um einen Eindruck von der landesüblichen Küche zu bekommen. Also fuhren wir zurück ins Hotel. Frisch geduscht und umgezogen machten wir uns ohne längeren Aufenthalt wieder auf den Weg. Nutze die Zeit, wie es so schön heißt.

Wir überließen es wieder dem Zufall, in welches Lokal wir einkehren würden. Uns fiel ein Künstlerlokal am Weg ins Auge, welches von zwei jungen Männern geführt wurde. Wir waren neugierig, welche Speisen sie zu bieten hatten und kehrten ein. Angeblich hatten sich die jungen Männer auf regionale Hausmannskost spezialisiert, genau das wollten wir. Im Lokal konnte leider niemand ein Wort Deutsch. Wir versuchten, uns auf Englisch zu unterhalten, womit uns aber nicht gedient war. Keiner der beiden Köche konnte uns das Gericht in Englisch erklären, das die beiden Männer uns empfohlen hatten. Also ließen wir uns ganz einfach überraschen. Es stellte sich dann heraus, dass es eine Art Kasserolle mit Fleisch und Gemüse war, gut gewürzt und dazu Weißbrot sowie den passenden Wein. Wir ließen es uns schmecken und waren äußerst zufrieden mit unserer Wahl. An diesem Abend hielten wir uns nicht mehr lange im Lokal auf, da wir von dem langen Spaziergang im Gaudi Park echt geschafft waren. Also traten wir schon bald den Heimweg an. Trotz unserer Müdigkeit nahmen wir den Weg ins Hotel noch über die Rambla, nur nicht mehr ganz so locker wie am Vortag. Aber an der Hausbar gingen wir wegen unseres Schlummertrunks nicht vorüber. Den wollten wir auf keinen Fall missen. Danach waren wir endgültig bettreif und begaben uns aufs Zimmer, um nur noch ins Bett zu fallen.

Am nächsten Morgen, gut ausgeschlafen und nach einem ausgiebigen Frühstück, machten wir uns wieder auf den Weg zur nächsten Besichtigungstour. Nur sollte dieser Tag ganz anders verlaufen, als wir ihn uns vorgestellt hatten. Aber das konnten wir zu diesem Zeitpunkt noch nicht wissen.

Diesen Tag wollten wir mit einem Besuch in der „Sagrada Familia" beginnen, eine ungewöhnliche Kathedrale, auch von Gaudi erbaut und noch immer nicht vollendet. Wie immer fuhren wir mit öffentlichen Verkehrsmitteln, mit denen wir auch äußerst schnell ans erwünschte Ziel gelangten. In Ehrfurcht und Staunen versetzt standen wir vor der mächtigen Kathedrale. Sie war ganz außergewöhnlich in ihrer Art. Alle Türme sind in verschiedenen Baustilen erbaut und mit unterschiedlichen Ornamenten versehen. Wir waren beeindruckt. Nur der dort platzierte Kran an der endlosen Baustelle störte das Gesamtbild ein wenig. Irgendwann würde aber auch dieser verschwinden und die ungewöhnliche Schönheit der Kathedrale würde frei zur Geltung kommen, sagten wir uns. Als wir uns an dem Wunderwerk genügend sattgesehen hatten, machte Doris den Vorschlag, anschließend noch einen Flohmarkt, der jeden Samstag in der Nähe stattfand, zu besuchen. Da gerade Samstag war, nichts wie hin.

Er war riesengroß und eigentlich nicht anders als anderswo. Natürlich hätte uns dieses oder jenes gefallen, aber der Transport nach Hause hielt uns von etwaigen Torheiten ab. Also hielten wir uns an diesem Ort nicht allzu lange auf. Aber für unsere geplante Schlossbesichtigung war es dann leider zu spät. Darum gingen wir für einen kleinen Imbiss in ein Lokal, um dort zu beratschlagen, was wir statt des Schlosses noch in der Nähe besichtigen könnten. Doris fiel ein, dass zu dem Schloss noch ein wunderschöner Park mit schönen Pavillons und Statuen gehörte. Also sehenswert. Da wir sowieso in der Nähe waren, fuhren wir kurz entschlossen hin und stellten bald fest, dass die Besichtigung auf alle Fälle lohnenswert war. Unterwegs kauften wir noch Kekse und ein Getränk, da wir die Absicht hatten, im Park ohne Hektik länger zu verweilen.

Nach einem ausgiebigen Spaziergang und Bewunderung der schönen Skulpturen in der Parkanlage hatten wir das Verlangen nach einer kleinen Pause. Außerdem war es ganz schön heiß und wir suchten nach einem schattigen Plätzchen, das wir unter einem Baum fanden. Es dauerte nicht lange, und wir waren auf der Bank kurz eingenickt. Nach dem Nickerchen fühlten wir uns wieder fit für weitere Besichtigungen. Vor dem Weitergehen stärkten wir uns noch mit einem Schluck Mineralwasser und einigen Keksen. Interessiert schauten dabei einige Eidechsen zu, die vor unseren Füßen hin und her huschten. Völlig fasziniert von diesen schillernden Tierchen waren wir total abgelenkt und bekamen nur am Rande mit, dass einige Leute sehr forsch in eine Richtung liefen, sodass ich Doris fragte: „Ist da was passiert oder gibt es vielleicht sonst noch eine Attraktion, dass die Menschen alle so eilig in eine Richtung laufen? Sollten wir vielleicht auch schauen, was da los ist?" „Was kann schon sein, dass es sich lohnt, nachzuschauen? Setzen wir lieber unsere Besichtigungen fort", meinte Doris.

Also nahmen wir unseren Rundgang wieder auf. Aber beim Gehen fiel uns auf, dass es ungewöhnlich still um uns herum geworden war, und wir sahen einander fragend an. Es waren keine Menschen mehr zu sehen. Was war passiert? Irgendetwas stimmte nicht, und uns war ein wenig mulmig zumute. Wir beschlossen, zum Ausgang zu gehen, um nachzusehen, was die Ursache war. Dann das große Entsetzen. Das Tor war geschlossen. Welch ein Schock. Was sollten wir tun? Nirgendwo jemand, den man fragen konnte. Wie sollten wir aus dieser misslichen Lage befreit werden? Wir schauten uns an und hatten sofort den gleichen Gedanken: Es war uns klar, dass wir irgendjemanden auf uns aufmerksam machen mussten. Also blieb uns nichts anderes übrig, als uns hinters Tor zu stellen, um uns bemerkbar zu machen. Wir winkten und wedelten mit den Armen.

Es war schon ein komisches Gefühl, hinter Gittern zu stehen und zu winken, damit man auf uns aufmerksam wurde. Kaum zu glauben, auf unser Winken reagierten sofort mehrere Menschen. Es gab fast einen Auflauf von Neugierigen, die vor uns standen und uns bedauerten.

Wie hatte uns so etwas nur passieren können? Wir kamen uns vor wie Affen im Käfig, die durchs Gitter schauten und auf Bananen warteten. Aber es war beruhigend, so viele hilfsbereite Menschen vor sich zu sehen. Mit Gesten und ein wenig Englisch versprach man uns, sofort Hilfe zu schicken, um uns aus unserer misslichen Lage zu befreien. Welch ein Glück, so viel gut gemeinte Hilfe auf einmal. Wir waren echt gerührt. Nun konnte es ja nicht mehr allzu lange dauern, bis wir rausgelassen wurden.

Vor Freude umarmten wir einander und machten es uns mit Blick aufs Tor auf einer Bank bequem, damit wir sehen konnten, wenn Hilfe kam. Aber dem war nicht so. Es kam und kam niemand. Mehr als eine Stunde war inzwischen vergangen und wir wurden langsam nervös. Dann sagte Doris: „Es muss doch irgendwo eine Möglichkeit geben, hier herauszukommen. Wir werden ganz einfach schauen, ob wir ein Schlupfloch finden oder irgendwo rüberklettern können." Also gingen wir entlang des Zauns und suchten nach einem Schlupfloch. Natürlich fanden wir keines und zum Rüberklettern war der Zaun zu hoch. Außerdem waren die Gitterstäbe oben zugespitzt, sodass wir dieses Risiko sowieso nicht eingehen konnten. Schon langsam machten wir uns mit dem Gedanken vertraut, hier im Park übernachten zu müssen, und ich sagte: „Für die kühlen Nächte hier sind wir etwas zu leicht bekleidet. Wir müssen uns ein Plätzchen suchen, wo wir ein wenig geschützt sind und uns aneinander kuscheln können." Aber insgeheim hoffte ich immer noch, dass es einem der vielen Leute gelungen war, jemanden zu mobilisieren, der uns aus unserer misslichen Lage befreien würde. Leider war dem nicht so und Doris meinte: „Lass es uns noch einmal hinter dem Tor versuchen, damit wir Hilfe bekommen."

Also stellten wir uns wieder hinters Gitter, um zu winken. Aber es kamen keine Menschen mehr vorbei. Ein neuer Schreck, der uns noch mutloser werden ließ. Auf alle Fälle entfernten wir uns keinen Schritt mehr vom Zaun, um nur ja keinen Passanten oder gar ein Auto zu verpassen. Wie wir so dastanden und warteten, sagte Doris plötzlich: „Schau mal auf die Tafel über dem Eingangstor." Ich verstand nicht sofort, was sie meinte, bemühte mich aber zu lesen, was da stand. Dann war mir alles klar, weshalb wir hier standen. „An Samstagen ab vierzehn Uhr geschlossen." Wir hatten das Schild beim Betreten des Parks nicht gesehen. Auf den Gedanken, dass ein Park schon so früh am Tage die Tore schließen könnte, wären wir nie gekommen.

Endlich hörten wir ein Geräusch, es hörte sich nach einem Auto an und wir streckten schnell alle vier Arme durch den Zaun und winkten heftig, damit wir auf jeden Fall bemerkt wurden. Leider fuhr das Auto an uns vorbei, der Fahrer hatte uns trotz des Winkens nicht bemerkt. Doch dann die Überraschung. Er bremste, legte den Rückwärtsgang ein und blieb direkt vor uns stehen.

Ein junger Mann stieg aus und kam kopfschüttelnd zu uns ans Tor. Er konnte nicht fassen, was er da sah und fragte auf Englisch, warum wir hinter der verschlossenen Tür standen. Wir erklärten ihm ebenfalls auf Englisch, wie wir in diese Situation geraten waren. Der junge Mann stellte sich kurz vor und versprach uns ganz sicher, sein Möglichstes zu versuchen, um uns aus dem Park herauszuholen. Am liebsten hätten wir ihn umarmt, aber durch die Gitterstäbe war es leider nicht möglich. Er hatte unseren Gefühlsausbruch verstanden und machte sich sogleich auf den Weg.

Nach einer guten Viertelstunde stand er wieder mit seinem Auto vor uns am Zaun. Er stieg aus, um uns die freudige Mitteilung zu machen, dass er einen zuständigen Mann gefunden hatte, der von der anderen Seite des Parks kommen würde, um uns rauszulassen. Schade, dass der Zaun dazwischen war, sonst hätten wir ihn vor Freude abgebusselt, wie man bei uns so schön sagt. Stattdessen schickten wir ihm Handküsse und bedankten uns tausendmal. Er verabschiedete sich und wünschte uns noch alles Gute. Dieses Mal waren wir ganz sicher, dass es klappen würde.

Es dauerte auch nicht mehr lange, bis ein uniformierter Herr kam und uns zu sich winkte. Er machte keinen erfreuten Eindruck und schaute uns böse an. Aber in unserer Situation waren wir froh, dass er da war. Er sprach kein Wort mit uns und deutete mit der Hand an, ihm zu folgen. Wie zwei arme Sünder trotteten wir hinter ihm her. Der Weg war sehr lang und führte genau in die entgegengesetzte Richtung des Haupteingangs. Jetzt bemerkten wir erst, wie groß der Park wirklich war. Während des Marsches flüsterten wir uns leise zu, dass wir den Mann für seine Mühe mit einem ordentlichen Trinkgeld belohnen würden. Als wir endlich am anderen Ende des Parks angekommen waren und ihm beim Verabschieden das Geld überreichen wollten, sagte er nur kurz angebunden: „No!"

Wir erschraken direkt, weil das „No" so schroff aus seinem Mund kam. Die ganze Situation war uns sehr peinlich. Also bedankten wir uns nur bei ihm und wurden aus einer kleinen Hintertür in die Freiheit entlassen. Wir atmeten erst einmal tief durch, schauten uns an und wie auf Kommando mussten wir aus vollem Herzen lachen, obwohl uns vor Kurzem noch zum Heulen zumute gewesen war. Es war ganz einfach ein Befreiungslachen.

Kaum wieder in Freiheit dachten wir schon wieder darüber nach, was wir noch mit dem späten Nachmittag anfangen könnten. Wir beschlossen, auf die Gran Via zu gehen, um uns zumindest noch einige der schönen Jugendstilhäuser von Gaudi aus der Nähe anzusehen. Auf dem Weg dorthin belohnten wir uns für die ausgestandenen Ängste erst noch in der Konditorei „Escriba" mit einem Mocca und ein wenig Konfekt.

Leider konnten wir nicht mehr allzu viel besichtigen, da der Nachmittag schon ein wenig fortgeschritten war und es bereits zu dämmern begann. Aber zumindest bekamen wir noch einen Eindruck von den Häusern und der wunderschönen Straße, wo sogar der Fußweg mit Fliesen gedeckt war. Die dazu passenden Ampeln standen links und rechts des Gehwegs, natürlich auch im Jugendstil. Wir waren beeindruckt. Als es dann begann dunkel zu werden und wir den letzten Abend noch mit einem guten Abschiedsessen beenden wollten, machten wir uns auf den Weg ins Hotel, um uns umzuziehen. Unterwegs hielten wir kurz in einer Tapas-Bar, um uns für den letzten Abend einzustimmen. Durch den anstrengenden Tag hatte unser Elan ein wenig gelitten, allerdings mit köstlichen Tapas und einem Gläschen Sherry erwachten unsere Lebensgeister aufs Neue.

Frisch gestärkt gingen wir ins Hotel, und nach der üblichen Dusche wechselten wir unsere Kleider und machten uns wieder auf den Weg. Schließlich wollten wir zum Abschluss noch einen schönen, letzten Abend in Barcelona verbringen. Wie schon zuvor überließen wir es dem Zufall, wo wir einkehren würden. Wir verließen uns da ganz auf unsere Intuition. Es dauerte auch nicht lange, bis wir in einer Nebengasse der Rambla ein Lokal nach unseren Vorstellungen entdeckten. Es war eher einfach, aber traditionell, was uns wichtig war. Also traten wir ein, um uns überraschen zu lassen. Ein vielversprechender Duft zog uns sogleich in die Nase und regte unseren Appetit an. Die ganze Atmosphäre passte, und wir nahmen an einem kleinen Ecktisch Platz. Ein netter Kellner überreichte uns die Speisekarte. Er hatte mitbekommen, dass wir hier fremd waren, beriet uns deshalb und empfahl uns ein Gericht, welches sich „Suquet de Peix" (Geschmorter Fischeintopf) nannte. Dazu empfahl er uns auch den dazu passenden Wein. Vertrauensvoll ließen wir uns auf seine Empfehlungen ein und waren wieder vollauf zufrieden mit dem köstlichen Mahl. Diese Belohnung hatten wir auch bitter nötig nach unserem „Horrorerlebnis", das uns noch immer in den Knochen steckte und bei Tisch unser Hauptthema war. Nach dem ausgiebigen und guten Essen unternahmen wir noch einen letzten langen Abschiedsbummel über die Rambla. Wir wollten noch einmal die südländische Atmosphäre in uns aufnehmen und gingen deshalb bewusst langsam zurück ins Hotel. Leider war es schon unser letzter Abend in Barcelona.

Im Hotel angekommen, gingen wir wie gewohnt in die Hausbar auf unseren Schlummertrunk. Aber unsere Stimmung war ein wenig getrübt. Darum verweilten wir etwas länger, um die verbleibende Zeit noch ein wenig zu strecken. Außerdem mussten wir ja nicht früh aufstehen. Unser Heimflug war erst am späten Nachmittag, und wir hatten genügend Zeit, in Ruhe zu packen. Nach dem dritten Cognac waren wir endgültig bettreif und verabschiedeten uns von dem netten Barkeeper, der uns immer so freundlich bedient hatte.

Gut ausgeschlafen packten wir am nächsten Morgen noch vor dem Frühstück unseren Koffer, da wir unser Zimmer schon zeitig räumen mussten. Für die Zeit zwischen Abflug und Freizeit gab es einen Raum, in dem wir unser Gepäck zwischenlagern konnten, was wir nach dem Frühstück auch taten. Nur unser Bargeld, welches wir bis zu diesem Zeitpunkt immer im Safe verwahrt hatten, mussten wir jetzt leider mitnehmen. Wir hatten die Absicht, noch einmal zur Gran Via zu fahren, um unseren Spaziergang vom Vortag wegen der Gaudi Häuser dort fortzusetzen.

Unser Weg zur U-Bahn führte uns wieder an der Kathedrale vorbei. Schon von Weitem hörten wir Musik.
Es war Ostern und es herrschte eine unglaublich schöne Stimmung auf dem großen Platz vor der Kathedrale. Viele Menschen hatten sich versammelt, und ein großer Teil von ihnen tanzte im Reigen zur Musik. Wir wurden von der Stimmung mitgerissen und hätten am liebsten ebenfalls mitgetanzt. Aber nach einiger Zeit des Zusehens rissen wir uns los und gingen weiter zur U-Bahn.

Dieses Mal nahmen wir eine Abkürzung durch eine schmalere Gasse. Von der anderen Straßenseite kamen uns zwei schöne, auffällig bunt gekleidete Frauen entgegen. Sie hatten rote Nelken in der Hand und kamen direkt auf uns zu, um uns ihre Blumen anzubieten. Zuerst lehnte ich ab. Aber dann dachte ich in meiner wunderbaren Stimmung: „Heute ist Ostern, ich mache ihnen eine Freude und kaufe ihnen eine Nelke ab." Leider hatte ich zu wenig Kleingeld in meiner Börse und Papiergeld wollte ich ihnen nicht geben. Ich beging den Fehler Doris zu fragen, ob sie mir einige Münzen borgen könnte. Sie holte ebenfalls ihre Börse heraus und hatte genügend Kleingeld, um mir etwas zu geben. Wir kauften jeder eine Nelke von ihnen, worüber die beiden sehr erfreut und zufrieden waren und ihres Weges gingen. Mit unserer Nelke in der Hand setzten auch wir unseren Weg zur U-Bahn fort. Wir waren glücklich, schöner konnte es nicht mehr sein. An der Haltestelle angekommen, mussten wir eine Viertelstunde auf unseren Zug warten und setzten uns derweil auf eine Bank. Als wir so dasaßen, kam mir urplötzlich ein böser Gedanke, eine Eingebung, und ich sagte: „Doris, ich vermute, dass ich kein Geld mehr in meiner Börse habe!" „Blödsinn, wie kommst du denn darauf?" Mein Gefühl sagte mir, dass mit den zwei Frauen etwas faul gewesen war. Ich nahm meine Börse aus der Handtasche, öffnete sie und schaute hinein: Kein einziger Schein befand sich mehr darin – sie war leer. Meine Vermutung hatte sich leider bewahrheitet.

Erschrocken schaute auch Doris in ihre Börse. Auch ihr fehlte ebenfalls ein größerer Betrag, aber nicht alles wie bei mir. Wir waren fassungslos. In dem Augenblick fuhr unser Zug ein und automatisch stiegen wir ein, obwohl wir uns mies fühlten. Wir wechselten kein einziges Wort mehr und blieben stumm. An unserem Bestimmungsort stiegen wir lustlos aus. Auf der Gran Via schauten wir die Gaudi Häuser nicht mehr mit dem gleichen Enthusiasmus wie am Tag zuvor an. Wir schauten eher ins Leere. Schon nach kurzer Zeit beschlossen wir, unsere Besichtigungstour zu beenden, weil unsere Gedanken leider immer wieder abschweiften und wir nicht mehr mit der gleichen Freude bei der Sache waren. Schade, dass unser schöner Urlaub durch eine Erfahrung endete, die uns besser erspart geblieben wäre.

Amalfiküste

Von meiner lieben Freundin Hanni hatte ich mich zu einer der bekannten Billigreisen überreden lassen. Auf alle Fälle wurde diese Reise zu einer Erlebnisreise der besonderen Art. Sie sollte mir noch lange in Erinnerung bleiben. Ich erlebte auf dieser Reise Dinge, die ich absolut nicht für möglich gehalten hätte.

Unser Reiseziel war die Küste von Amalfi. Unser Reisebus war standardmäßig ausgerüstet und entsprach den üblichen Ansprüchen. Der Chauffeur war ein wortkarger, introvertierter, cooler Typ. Aber er war ein hervorragender Fahrer, was wir erst zu einem späteren Zeitpunkt entlang der schmalen sowie steil abfallenden Küstenstraße nach Amalfi so richtig schätzen lernen sollten. Weil er es bei diesen Reisen nicht immer mit den feinsten Fahrgästen zu tun hatte, hatte er sich wahrscheinlich im Laufe der Jahre eine Elefantenhaut zugelegt, um sich nicht über die ständigen Auseinandersetzungen mit gewissen Fahrgästen ärgern zu müssen.

Die erste Tagesbesichtigung hatten wir in Florenz. Leider erreichten wir diese wunderschöne Stadt ein wenig spät, sodass unser Aufenthalt begrenzt war und wir nicht mehr allzu viel besichtigen konnten. Im Eiltempo bekamen wir nur eine Kostprobe von der Innenstadt und konnten gerade mal den Koloss David begrüßen und einen kurzen Blick auf den Dom Santa Maria del Fiore, das Baptisterium, den Palazzo Vecchio und den Ponte Vecchio werfen. Dann mussten wir zu unserem Bedauern die wunderschöne Stadt schon wieder verlassen. Aber es war schon spät, und wir hatten noch eine längere Strecke bis zu unserem Quartier vor uns.

Zwischen Florenz und Siena bezogen wir in einer kleinen Ortschaft unser erstes Quartier. Das Hotel war mittelmäßig, aber sauber. Nachdem wir eingecheckt hatten, teilte uns der Chauffeur mit, dass wir uns alle zu einer kurzen Besprechung in der Lobby versammeln mögen. Als wir endlich alle beieinandersaßen, teilte er uns kurz und trocken mit, dass bei dem Billigpreis der Reise nur das Frühstück inbegriffen sei und alle anderen Speisen von uns zu bezahlen wären. Falls wir damit einverstanden wären, könnte er es für uns arrangieren, dass wir abends in den jeweiligen Hotels, in denen wir nächtigten, ein Drei-Gänge-Menü haben könnten. Je mehr Leute dabei wären, umso günstiger würde der Preis. Natürlich waren alle dabei, weil wir immer ein wenig auswärts logierten, wo es kaum Möglichkeiten zum Essengehen gab. Also war das auch besprochen.

Nach dem langen Tag gingen Hanni und ich schon kurz nach dem Abendessen schlafen. Schließlich waren wir von der langen Anfahrt sehr müde. Frühstück sollte es schon um sieben Uhr geben, damit wir um acht abfahrbereit waren. Gut ausgeschlafen und gut gelaunt begaben wir uns knapp vor sieben Uhr in den Speisesaal. Als wir den Saal betraten, waren wir beide sehr überrascht, dass schon so früh alle bei Tisch saßen und wir die Letzten waren. „Lauter Frühaufsteher", dachte ich. Wir schauten uns nach zwei freien Plätzen um und fanden einen Tisch mit zwei unbenutzten Gedecken. Anschließend hielten wir Ausschau, wo sich das Buffet befand. Ich entdeckte einen langen Tisch an der hinteren Wand, auf dem mehrere Platten standen, und begab mich sogleich in diese Richtung. Was ich dann zu sehen bekam, begriff ich nicht sogleich. Es lagen nur noch einige Wurstscheiben auf einer Platte, und alle anderen Platten waren leer. Ansonsten befand sich dort nur noch eine Kanne mit Kaffee und sonst nichts. Hanni und ich sahen uns sprachlos an. War das ein Scherz? Wie sollten wir das verstehen? Sogleich hielt ich Ausschau nach jemandem, den ich fragen konnte, wo es Brot gab. Nur ein älterer Herr befand sich in der Nähe, den ich fragte. Er antwortete: „Ich werde eines in der Küche bestellen." Ich bedankte mich und war froh, endlich zu meinem Frühstück zu kommen. Es dauerte auch nicht lange, bis eine Frau mit einem Körbchen Brot aus der Küche daherkam und diesen auf den Buffettisch stellte. Bevor ich auch nur einen Schritt in Richtung Brotkorb machen konnte, stürzten mehrere Leute an mir vorbei und plünderten den Brotkorb so schnell, dass ich nicht wusste, wie mir geschah. Ich hatte das Gefühl, ich war im falschen Film! Nicht eine einzige Scheibe Brot blieb für mich übrig. Wie die Heuschrecken waren sie über das Brot hergefallen. Nun stand ich wieder ohne Brot da und es war peinlich, noch einmal um welches zu bitten.

Mit Wut im Bauch setzte ich mich auf meinen Platz und sah zu meiner Überraschung, dass Hanni Glück gehabt hatte, eine Scheibe Brot zu ergattern. Sie wollte sofort mit mir teilen, was ich aber ablehnte. Schließlich stand mir eine eigene Scheibe Brot zu. Eine andere Frau am Nebentisch hatte mitbekommen, was sich abgespielt hatte, und verriet mir, warum ich kein Brot vorfand: „Jeder hat zwei Schnitten auf seinem Teller bekommen. Aber es befinden sich einige Leute in der Gruppe, die schon sehr früh im Speisesaal waren und Brot von den Tellern entwendet haben, wo noch niemand saß." Aber da sie selbst genug Brot hatte, gab sie mir eine Schnitte ab, was ich außerordentlich nett von ihr fand. Ich hätte nämlich Probleme gehabt, mit leerem Magen längere Strecken im Bus zu fahren, ohne dass mir übel geworden wäre. Die Geschichte, die ich über den Brotdiebstahl vernommen hatte, ließ mir keine Ruhe und ich machte mir Gedanken, wie es möglich war, in unserer heutigen übersättigten Wohlstandsgesellschaft, in der doch jeder mehr als genug zu essen hatte, Brot von fremden Tellern zu stehlen. Oder erlag ich einem Irrtum? So ein Verhalten war für mich einfach nicht nachvollziehbar. Mir war klar, dass der Wirt alles abgezählt austeilte, weil er sicher knapp kalkulieren musste mit dem vermutlich wenigen Geld, welches er von dem Reiseveranstalter erhielt. Auf alle Fälle ging es mir nach dem kargen Frühstück um einiges besser, und einer Weiterfahrt stand nichts mehr im Wege.

Unser erstes Reiseziel an diesem Tag war San Gimignano. Eine Stadt der Türme aus dem Mittelalter. Man nennt sie auch Geschlechtertürme. Diese schauten wir uns bei einem kurzen Stadtrundgang an. Dann setzten wir unsere Fahrt nach Siena fort. Bei strahlendem Sonnenschein erreichten wir Siena noch vor der Mittagszeit und bekamen für die Besichtigung der Stadt und eine Mittagspause drei Stunden zur Verfügung.

Hanni und ich wollten auf alle Fälle noch vor dem Essen so viel wie möglich besichtigen und erst dann eine Pause zum Essen einlegen. Wir wählten die für uns interessantesten Sehenswürdigkeiten aus, die wir uns schon im Bus notiert hatten, um keine kostbare Zeit zu verlieren. Wir begannen unsere Besichtigungstour mit dem Dom, der berühmten muschelförmigen Piazza del Campo und dem Palazzo Pubblico.

Bei unserem Rundgang fiel mir auf, dass etliche Leute aus unserer Gruppe auf Bänken saßen und in Servietten eingewickelte Brote aßen. Ganz plötzlich kam mir der Gedanke: „Hier werden sicher auch deine Frühstücksbrote verspeist." Anzunehmen, dass es in der Gruppe Leute gab, die sich nicht zweimal täglich etwas zu essen kaufen konnten und schon am Frühstückstisch dafür sorgten, ihre Mittagsmahlzeit auf Kosten der anderen zu sichern. In unserer Wohlstandsgesellschaft kann man sich eben nicht mehr vorstellen, dass es noch Menschen gibt, für die nicht alles selbstverständlich ist.

Nach unserem ausgiebigen Stadtrundgang und einem Imbiss in einer Pizzeria war es an der Zeit, zum Bus zu gehen. Unser nächstes Ziel war Chianciano Terme. Leider fuhren wir erst mit einer Stunde Verspätung ab, weil eine Frau sich verlaufen hatte und wir auf sie warten mussten. Durch die ärgerliche Verspätung stand uns natürlich weniger Zeit für die Besichtigung des Ortes zur Verfügung. Aber wirklich traurig waren die meisten ohnehin nicht, weil wir bei der Hitze schon ein wenig müde waren.

Das neue Quartier war so gewählt, dass wir am kommenden Tag nur noch einen Katzensprung bis Rom hatten. Nach dem Abendessen wollten Hanni und ich nur noch ins Bett. Wir waren wie am Tag zuvor völlig geschafft von den vielen Besichtigungen. Aber statt der ersehnten Nachtruhe erlebten wir ein Horrorszenario.
Im besten Schlaf, kaum mehr als zwei Stunden waren vergangen, heulte plötzlich die Alarmanlage lautstark. Vor Schreck fuhren wir benommen aus unserem Bett hoch, um zu schauen, wo es brannte. Hanni sperrte unsere Tür auf und horchte, ob sie von draußen vernehmen konnte, was geschehen war und wie wir uns zu verhalten hatten. Außer, dass die Zimmertüren offen standen und alle durcheinander schrien, konnte man nichts verstehen. Aber der Alarm heulte weiter. Jeder hatte große Angst vor Feuer und wollte wissen, wo es ausgebrochen war. Aber bei der extremen Geräuschkulisse konnte man kaum sein eigenes Wort verstehen. Ich sagte zu Hanni: „Lass uns sicherheitshalber etwas anziehen und unsere Wertsachen mit ins Freie nehmen."
Sie war meiner Meinung, und wir drängten uns über die Treppe in Richtung Ausgang, während der Alarm noch immer unerträglich durchs Haus schrillte. Zum Glück lag unser Zimmer im ersten Stock, und wir waren schnell draußen. Im Freien trauten wir unseren Augen nicht, was sich dort abspielte und wie viele Menschen schon auf der Straße standen. Zusätzlich schauten die Nachbarn verängstigt aus den weit aufgerissenen Fenstern ihrer hell erleuchteten Häuser, um herauszufinden, wo es brannte. Auf der Straße herrschte totales Chaos.

Weit und breit war nichts von einem Feuer zu sehen. Doch es musste ja irgendeine Gefahr bestanden haben, sonst wäre der Alarm doch längst verstummt. Vergeblich befragten wir die Ansässigen, was denn geschehen war. Nur verstanden wir leider kein Italienisch. Dennoch machten wir uns aus den wenigen aufgeschnappten Wortfetzen einen Reim: Ein nächtlicher Raucher hatte in unmittelbarer Nähe eines Brandsensors geraucht und somit unabsichtlich den Feueralarm ausgelöst. Und jetzt wusste offenbar niemand, wie man diesen infernalen Lärm wieder abstellen konnte. Um diese Uhrzeit war kein Hotelangestellter anwesend, der sich auskannte.

Inzwischen war auch die Polizei eingetroffen und versuchte verzweifelt, den Alarm auszuschalten, allerdings ohne hörbaren Erfolg. Und so heulte er unverdrossen weiter bis zur Unerträglichkeit. Am liebsten wären wir davongelaufen. Aber wohin? Wir wollten doch noch ein wenig schlafen, hofften darauf, dass der Alarm jeden Moment ausgehen würde und blieben deshalb in unmittelbarer Nähe des Hotels. Dass dieses Theater dann noch sage und schreibe fast zwei Stunden dauern sollte, hätten wir nie gedacht. Irgendwann zwischen 2.00 und 3.00 Uhr schaffte es dann doch noch irgendjemand, dieses Folterinstrument auszuschalten.

Die plötzliche Stille war für alle eine unsagbare Erlösung. Völlig entnervt atmeten alle auf und schlichen erleichtert wieder in ihre Zimmer. Aber an Schlaf war nicht mehr zu denken. Der lange Ton des Alarms sang uns noch lange in den Ohren und war noch zu präsent, als dass ein Einschlafen möglich gewesen wäre. Irgendwann, kurz vor dem Weckerklingeln, musste ich aus Erschöpfung eingenickt sein. Hanni erging es ähnlich. Wir kamen nur mit größter Mühe total gerädert aus den Betten hoch, und das vor unserer Rom-Besichtigung!

Beim Frühstück sahen wir in den Gesichtern der anderen Reiseteilnehmer, dass es ihnen auch nicht sonderlich besser ergangen war. So nickten wir während der anschließenden Fahrt nach Rom immer wieder ein. Erholsamer Schlaf ist einfach durch nichts zu ersetzen!
Die Anfahrt dauerte nicht allzu lange, und Rom ließ uns schon bald unsere Horrornacht vergessen. Zur Besichtigung hatten wir ausnahmsweise auch mehr Zeit als üblich zur Verfügung. Durch die einmaligen, großartigen Sehenswürdigkeiten wurden wir voll entschädigt. Sogar unsere Müdigkeit war im Nu verflogen.

Die Führung begann mit der Besichtigung der Engelsburg. Von dort setzten wir unseren Weg zur Piazza Navona fort und weiter ging es zum Pantheon, in dem wir etwas länger verweilten, da Irma – unsere zugestiegene Reisebegleiterin – vieles über dieses Gebäude zu berichten wusste. Inspiriert durch die Worte ihres Vortrags spürte ich auf einmal eine unglaubliche Energie an diesem mystischen Ort, der mich in seinen Bann zog. Von dort gingen wir weiter zum Trevi-Brunnen, an dem sich Menschenmassen stauten. Mit größter Mühe gelang es mir, mich in die vorderste Reihe vorzuarbeiten. Schließlich wollte ich auch eine Münze in den Brunnen werfen. Man kann schließlich nicht wissen, wofür es einmal gut sein würde.

Anschließend führte unser Weg zur Spanischen Treppe und danach ins alte Rom zum Kolosseum, was für mich der absolute Höhepunkt war. Die Gladiatorenkämpfe erwachten vor meinem geistigen Auge. „Brot und Spiele." Man konnte sich gut vorstellen, was sich hier abgespielt haben musste. Die Inszenierungen dienten vermutlich dazu, um die Zuschauer von den wahren Problemen im Reich abzulenken. Da hatte sich offenbar bis heute nicht viel geändert ... Wir waren von dem imposanten Gebäude regelrecht überwältigt. Wie konnte man vor fast 2000 Jahren so ein imposantes Bauwerk errichten?

Vor unserer Mittagspause konnten wir gerade noch das Forum Romanum besichtigen, jenen legendären Platz, wo nicht nur Senatoren ihre ausgefeilten Reden dem römischen Volk vorgetragen haben. Hier konnte ich mir wieder gut vorstellen, was sich im alten Rom so alles abgespielt haben musste. Ich fühlte mich in eine andere Zeit versetzt und ließ meiner Fantasie freien Lauf. Hanni und ich schossen eifrig Fotos von uns vor Motiven mit historischem Hintergrund. Die Impressionen dieses besonderen Tages wollten wir festhalten.

Nach der ausgiebigen Führung hatten wir eine längere Mittagspause. Nach dem Essen bekamen wir etwas Zeit zur Verfügung, um uns bei einem kleinen Stadtbummel Andenken zu kaufen. Auf den Straßen Roms war das Gehen recht gefährlich, weil die Römer in den engen Gassen der Altstadt ziemlich geschwind in engen Schlangenlinien mit ihren Vespas an den Fußgängern vorbeidüsten. Wir mussten aufpassen, dass sie uns nicht über die Füße fuhren. Natürlich habe ich etwas übertrieben, aber nicht viel. Leider war der kurze Bummel viel zu schnell vorbei und das bei den zahlreichen interessanten Auslagen der ausgefallenen italienischen Mode.

Leider mussten wir einmal mehr Abschied nehmen, um wieder an einen anderen Ort weiterzufahren. Der Weg führte uns zu unserem nächsten Nachtquartier, das wir dieses Mal halbwegs in der vorgegebenen Zeit erreichten. Es ging auch darum, dass wir nicht allzu spät zum Essen kamen, weil wir erwartet wurden, und wir wollten auch einmal rechtzeitig ins Bett kommen. Da wir müde und von der Hitze erschöpft waren – nicht zu vergessen die fast schlaflose Nacht des Vortages –, hatten wir Nachholbedarf. Am nächsten Morgen stand Pompeji auf dem Programm und frühes Aufstehen war angesagt. Auch mussten wir wegen der zahlreichen Führungen pünktlich vor Ort sein.

Alles verlief nach Plan, und wir waren am nächsten Morgen fit und pünktlich beim Bus, sodass der Abfahrt nach Pompeji nichts mehr im Wege stand. Wir fuhren vorbei an schönen Landschaften, und parallel zu unserer Fahrbahn verlief die legendäre Via Appia. Eine der bekanntesten Straßen der Antike, über welche die Römer zu Fuß zur Eroberung verschiedener Länder in Europa bis in den Norden marschiert waren.

In Pompeji wurden wir schon von einem sehr netten Herrn erwartet, der uns herzlich begrüßte und durchs ausgegrabene Pompeji führen sollte, das 79 n. Chr. beim Ausbruch des Vesuvs durch meterhohe Ascheschichten verschüttet worden war. Unser Führer schilderte uns dieses Ereignis sehr anschaulich. Die Menschen waren hier sozusagen in einer Momentaufnahme mitten aus dem Leben gerissen worden. Darum ließen sich das Leben und die Tätigkeiten der einzelnen Bewohner sehr gut rekonstruieren. Für die damals Betroffenen musste es ein für uns unvorstellbares Ereignis gewesen sein.

Der Lebensstandard sowie der Luxus in Pompeji waren für die damalige Zeit außergewöhnlich. Wir waren beeindruckt von dem Luxus, den die Menschen hier schon vor ca. 2000 Jahren genossen hatten. Die Lage des Ortes wurde sehr exklusiv gewählt, weshalb auch die Reichen diesen Ort als ihren Sommersitz ausgewählt hatten. Wenn ich die Augen schloss, konnte ich mir das Leben hier sehr gut bildlich vorstellen. Mir tat aufrichtig leid, als die Führung beendet war. Zum Glück bekamen wir noch eine Stunde für uns zur Verfügung, in der wir die Dinge, die uns wichtig waren, noch in aller Ruhe fotografieren konnten.

Nach der anschließenden Mittagspause fuhren wir entlang der berühmten „Amalfitana", der Straße in Richtung Amalfi, der Perle der italienischen Küstenstädte. Der Weg dorthin war eine Herausforderung für jeden Autofahrer und umso mehr für einen Busfahrer mit seinem riesigen Fahrzeug. Hier zeigte sich, was für ein großartiger Fahrer unser Chauffeur war. Die Küstenstraße war von bizarrer Schönheit, aber schmal in den Fels geschlagen. Dafür war der Ausblick selbst aus dem Busfenster umso atemberaubender. Wir fuhren vorbei an den Villen der Reichen und Schönen, die hier an der Sonnenseite ihre Sommerresidenzen haben. In Sorrent und Positano legten wir nur einen kleinen Fotostopp ein, ließen diese Orte hinter uns und machten erst wieder in Amalfi einen Stadtrundgang. Er war bei der Nachmittagshitze recht anstrengend und fiel deshalb auch sehr kurz aus. Für jeden dieser schönen Orte würde man viel mehr Zeit benötigen, um sie zu bewundern. Aber unsere Zeit war eng getaktet, und bis zur Abfahrt reichte sie gerade noch aus, dass Hanni und ich ein Eis auf einer Caféhausterrasse genießen konnten. Es war das teuerste Eis, das ich je gegessen hatte, dadurch blieb mir Amalfi in bester Erinnerung.

Leider mussten wir uns schon bald wieder von dieser schönen Stadt verabschieden und fuhren via Salerno in Richtung Neapel zurück. Auf der Fahrt zu unserem Hotel konnten wir unterwegs noch die herrliche Aussicht auf die Küstenstraße genießen, solange es hell war. Das Hotel erreichten wir aber erst bei Dunkelheit. Es befand sich nicht allzu weit entfernt von Neapel, das unser nächstes Reiseziel sein sollte.

Das Abendessen war wie an all den vorhergehenden Tagen ziemlich gleich. Es gab Pasta als Vorspeise, wenig Fleisch mit Gemüse oder Salat als Hauptspeise. Als Nachspeise bekamen wir fast immer Obst. Im Allgemeinen waren die meisten von uns mit der Verköstigung zufrieden, bis auf einige, die gerne etwas mehr Abwechslung gehabt hätten. Es war nicht leicht, alle zufriedenzustellen. Wenn wir nicht zu müde waren, saßen Hanni und ich noch gerne mit einigen Leuten aus unserer Gruppe bei einem Glas Wein zusammen, um uns über die Erlebnisse des Tages auszutauschen.

Auch am kommenden Morgen waren wir wieder sehr früh unterwegs. Schon um 7:30 Uhr war die Abfahrt nach Neapel. Wir erreichten unser Ziel schon am frühen Vormittag. Der Verkehr in Neapel war schrecklich, und es war kein Weiterkommen. Bis wir einen freien Busparkplatz fanden, verging sehr viel Zeit, welche uns dann für die Besichtigungen fehlte. Der erste Eindruck von Neapel war durch die allgegenwärtigen „aromatischen Müllsäcke" nicht der allerbeste. Beim Rundgang durch die Altstadt gab es zum Glück keine Geruchsbelästigung, und so konnten wir in aller Ruhe die Sehenswürdigkeiten bewundern. Wir begannen unsere Besichtigungstour mit dem gotischen Dom aus dem 13./14. Jh. Er stammte noch aus der normannischen Ära.

Der Weg führte uns weiter zum Königlichen Palast. Von dort ging es weiter zum Castel dell'Ovo und zu guter Letzt zum Palazzo Cuomo. Allzu viel haben wir nicht gesehen, denn mehr Zeit hatten wir leider nicht zur Verfügung. Außerdem stand noch eine kleine Stadtrundfahrt mit unserem Bus auf dem Programm, sodass wir einen Gesamteindruck von Neapel erhielten. Danach fuhren wir in Serpentinen direkt auf den Vesuv. Aus dem Fenster sah ich des Öfteren Füchse aus dem Gebüsch am Wegesrand vorbeihuschen – hie und da sogar mit Nachwuchs. Sie machten keinen scheuen Eindruck. Sicher waren sie schon an die vielen Autos gewöhnt, die täglich an ihnen vorbeifuhren. Für uns war es eine kuriose Abwechslung.

Endlich oben angekommen, hatten wir nach dem Aussteigen einen unbeschreiblich schönen Gesamtausblick über die Küste. Es war ein atemberaubender, unvergesslicher Anblick. Die meisten unserer Gruppe machten noch den Aufstieg zur Spitze mit – auch Hanni. Mir war der Aufstieg bei der Hitze zu anstrengend, und ich suchte mir eine Bank auf dem Parkplatz und genoss die schöne Aussicht. Vor der Abfahrt kaufte ich mir noch eine Ansichtskarte und einen geschliffenen schwarzen Vulkanstein als Andenken.

Nach dem schönen Abstecher auf den Vesuv begann unsere lange Heimfahrt. Der letzte große Höhepunkt und Abschluss sollte noch der Vatikan sein, und wir fuhren bereits in diese Richtung. Unser Quartier hatte der Chauffeur wieder so gewählt, dass wir am nächsten Tag nur eine kurze Anfahrt in den Vatikan hatten. Unser Hotel lag wie immer ein wenig außerhalb der Ortschaft, in der Nähe von Frascati. Es war wie die vorhergehenden Unterkünfte mittelmäßig, und das Essen hatte sich ebenfalls nicht verändert. Aber an diesem Abend war es anders bei Tisch. Aus welchem Grund auch immer herrschte eine ausgelassene Stimmung. Wir blieben nach dem Essen noch bei einem Glas Wein sitzen und hatten es recht lustig. Danach gingen Hanni und ich leicht beschwipst auf unser Zimmer und schliefen in dieser Nacht besonders gut.

Aber am nächsten Morgen, als wir den Frühstücksraum betraten, war er leer. Wir sahen uns an: Was war da los? Wir schauten gleichzeitig auf unsere Uhren, es war kurz nach 7 Uhr. Es hatte doch geheißen, ab 7 Uhr Frühstück und Abfahrt um 8 Uhr. Unsere Uhren gingen beide richtig. Wo waren die anderen? Ich ging zum Fenster und schaute hinaus. Sämtliche Hotelgäste standen in Bademänteln oder Morgenröcken im hinteren Gartenteil des Hauses. Was war das für eine Versammlung? Ich sagte zu Hanni: „Schau mal aus dem Fenster, haben wir etwas verpasst?" „Ich wüsste nicht was", sagte sie. „Lass uns rausgehen und fragen", meinte ich.

Gemeinsam gingen wir durch die Hintertür zu den anderen in den Garten, um uns zu erkundigen, was da ablief. Als wir die Tür öffneten und heraustraten, riefen einige von ihnen: „Wo kommt ihr denn her?" Wir verstanden nicht, warum wir danach gefragt wurden. „Wo sollen wir schon herkommen? Aus unserem Zimmer natürlich." „Habt ihr das Erdbeben in der Früh nicht gespürt?", fragte eine Frau. Hanni und ich schauten uns mit offenem Mund an und fragten wie aus einem Mund: „Was für ein Erdbeben? Wir haben geschlafen. Warum hat uns denn niemand geweckt?" „In der Panik hat jeder nur an sich gedacht. Bei den vielen Leuten ist uns nicht aufgefallen, dass ihr nicht dabei wart", erklärte eine Frau. „Ihr müsst einen guten Schlaf gehabt haben, wenn ihr das Beben nicht mitbekommen habt", meinte eine andere Frau. „Aus Angst haben wir den Rest der Nacht im Freien verbracht", meinte ein Herr gähnend. „Das war sicher der Wein, der uns so fest schlafen ließ", sagte ich.

Jetzt wollten am liebsten alle gleichzeitig auf ihre Zimmer, nachdem die Ängste überwunden waren. Dadurch ergab sich ein heilloses Durcheinander. Das Rempeln und Schimpfen im Stiegenhaus hörte man bis in den letzten Stock. Der Aufzug konnte immer nur vier Personen fassen. Darum ging – wer konnte – über die Treppe. Hanni und ich waren angezogen und gingen direkt in den Frühstücksraum und machten es uns bei Kaffee und Brötchen gemütlich. Aber wir saßen schon ein wenig nachdenklich da, und uns war nicht ganz geheuer bei dem Gedanken, dass wir bei dem Beben nicht aufgewacht waren.

Bis unsere gesamte Gruppe mit dem Frühstücken und Packen fertig war, verging so viel Zeit, dass wir die Abfahrtszeit nicht mehr pünktlich einhalten konnten. Aber unser großartiger Chauffeur brachte es fertig, auf der Autobahn einen Großteil der verlorenen Zeit einzuholen, die uns sonst bei der Besichtigung des Vatikans gefehlt hätte.

Der Vatikan ist ein eigener kleiner Stadtstaat. Ständig von Menschenmassen überfüllt, die fast immer wegen einer Besichtigung irgendwo in einer Schlange anstehen. Das galt für uns natürlich ebenso. Mein Hauptinteresse galt dem Petersdom, der auf dem ehemaligen Zirkusplatz Kaiser Neros sowie der späteren Martyriumsstätte Petri erbaut worden war. Ich wollte in aller Ruhe im Inneren des Doms die Urkräfte auf mich einwirken lassen. Aber bei der überwältigenden Pracht wusste man nicht, wo man zuerst hinblicken sollte. Also überließ ich es dem Zufall, wohin mich mein Weg führen würde. Ich war regelrecht erschlagen und überfordert von der überbordenden Opulenz. Ich litt unter einer völligen Reizüberflutung, weshalb ich nur mit größter Mühe einzelne Details erfassen konnte. Aus diesem Grund suchte ich einen abgelegenen Platz, schloss die Augen für ein oder zwei Minuten und fand so wieder meine innere Ruhe. Ich saß dann noch eine ganze Weile im wiedererlangten inneren Gleichgewicht und ließ die Atmosphäre nur noch auf mich einwirken. Dann kam mir der Gedanke, für meine lieben Verstorbenen eine Kerze anzuzünden. Ich stand auf, setzte den Einfall in die Tat um und sagte den lieben Toten im Geiste, dass dieser Gruß etwas Besonderes war, da er aus dem Zentrum des Christentums kam. Ich hoffte, ihnen eine Freude bereitet zu haben. Danach ging ich weiter und ließ, was das Auge so nebenbei noch erfassen konnte, auf mich einwirken und dachte: „Weniger ist mehr." Einige Zeit blieb ich noch in der Kirche, um dann wieder ins Freie an die frische Luft zu gehen. Alles anschauen konnte ich unmöglich in den drei Stunden, welche mir zur Verfügung standen.

Hanni war sicher noch länger im Dom geblieben. Wir hatten uns bei der Besichtigung aus den Augen verloren, und ich hielt Ausschau nach Leuten aus unserer Gruppe, denen ich mich anschließen konnte. Mir begegneten Gott sei Dank einige, die gerade auf dem Weg zur Schweizer Garde waren. Also schloss ich mich ihnen an. Viel lieber wäre ich zwar noch in die Sixtinische Kapelle gegangen, aber die Menschenschlange davor war mir zu lang und die Zeit zu knapp, um sie noch ohne Hektik besichtigen zu können. Nur durchlaufen wollte ich auch nicht. Also entschied ich mich für die Schweizer Garde, die natürlich nicht mit der Sixtina zu vergleichen war. Aber ich war dennoch zufrieden und wollte mich nicht in Stress versetzen, vielleicht etwas versäumt zu haben. Um den Vatikan wirklich zu besichtigen, bräuchte man richtig viel Zeit, die mit unserem Kurzbesuch einfach nicht gegeben war. Also ging ich in der mir noch verbliebenen Zeit in einen der zahlreichen Devotionalienläden, um einer guten Freundin mit einem „Mitbringsel" aus dem Vatikan eine Freude zu bereiten.
Inzwischen war mir Hanni gottlob auch wieder über den Weg gelaufen. Da wir von der vielen Lauferei schon ziemlich hungrig waren, gingen wir noch schnell vor der Abfahrt zu einem Imbissstand auf ein kleines Menü. Dies sollte sich später als kluge Entscheidung herausstellen, da wir auf der Heimfahrt zur letzten Übernachtung keine lange Pause mehr machten.

Ein wenig wehmütig saßen wir dann in jener Gewissheit im Reisebus, dass unsere aufregende Italienrundreise ihrem Ende entgegenging – oder noch treffender gesagt „entgegenfuhr". So befand sich unser letztes Quartier ganz in der Nähe von unserer ersten „Absteige" mit dem seltsamen Frühstück. Allerdings konnte die letzte Pension bezüglich des Bauzustandes von keiner der vorhergehenden Unterkünfte unterboten werden. In diesem Haus war sicher seit Ewigkeiten nichts mehr repariert worden und genau so sah es auch aus. Nur um einige Mängel aufzuzählen: Die Fenster ließen sich nicht schließen. Zimmertüren konnten nicht versperrt werden, und aus der Dusche kam nur kaltes Wasser. Bei uns ließen sich die beiden Fenster nicht verschließen und das bei einem Flachdach genau unter unseren Fenstern. Hanni und ich hatten deshalb ein ungutes Gefühl, da man bei uns ganz leicht hätte einsteigen können. Bei einigen Gästen ließ sich die Zimmertür überhaupt nicht absperren. Aber der „Obergag" war: Ein etwas stärkerer Herr aus unserer Gruppe wollte noch vor dem Abendessen duschen. Er blieb in dem viel zu engen Duschrahmen stecken und riss bei seinem Befreiungsversuch das ganze Gestell aus der Verankerung. Als auch noch das Glas zerbrach, machte dies natürlich einen gehörigen Lärm, der dann einige Gäste erschrocken auf die Gänge laufen ließ. Durch die Erfahrungen mit Feueralarm und Erdbeben waren die meisten schon derart eingeschüchtert, dass sie für ungewöhnliche Geräusche recht hellhörig geworden waren.

Verglichen mit dem, was hätte passieren können, war zum Glück nicht allzu viel passiert. Der Mann hatte viel Glück und erlitt nur eine Schnittwunde am Bein, welche ärztlich behandelt wurde. Er bekam auch sofort ein anderes Zimmer, von denen es in dieser Pension – aus verständlichen Gründen – ausreichend gab. Dieser Pension hätte ich das Prädikat „verkommene Absteige" verliehen. Die meisten von uns hatten darum eine unruhige Nacht und wiederum wenig Schlaf.

Und die Moral von dieser Fahrt:
„Geld am falschen Platz gespart!"

Hamburg

Eines Tages im März erhielt ich einen Anruf von Angelika, der Gattin meines Neffen Andreas aus Hamburg, zwecks Einladung zu ihrer Silberhochzeit. Sie wollte mir den Zeitpunkt rechtzeitig bekanntgeben, damit ich mir diesen Termin freihalten konnte. Die Feier sollte am 2. August 2014 stattfinden. Die schriftliche Einladung würde noch folgen.

Meine Tochter Anna-Maria sowie ihre beiden Töchter Christina und Alexandra waren ebenfalls eingeladen und wir beschlossen, gemeinsam zu fliegen. Meine Tochter machte mir das Angebot, sich rechtzeitig auch um mein Ticket zu kümmern, wofür ich sehr dankbar war. Wir nahmen uns vor, diesen Anlass gleich mit einigen Urlaubstagen zu verbinden. Daher benötigten wir auch ein Quartier, um welches sich meine Tochter übers Internet ebenfalls kümmerte. Zum Glück fand sie eine ideale Pension ganz in der Nähe des Privatwohnsitzes meines Neffen. Für den Tag, an dem die Feier stattfinden sollte, waren unsere Zimmer im gleichen Hotel reserviert, in dem die Feier stattfand. Sie waren in der Einladung inbegriffen. Ich war froh, dass ich mich um nichts kümmern musste, und hatte darum viel Zeit, ein passendes Geschenk für das Jubelpaar und für mich eine passende Garderobe zu besorgen.

Doch bevor ich fortsetze, muss ich noch eine Begebenheit erwähnen: An einem wunderschönen Tag im Sommer bekam ich einen überraschenden Anruf von Andreas. Er sagte mir, dass er in Wien geschäftlich zu tun habe und nach getaner Arbeit gerne auf einen Blitzbesuch bei mir vorbeikommen möchte. Er hatte nämlich bis zum Heimflug einige Stunden Zeit, die er gerne mit mir verbringen wollte. Nun erkundigte er sich, ob ich überhaupt daheim war und Zeit für ihn hatte. Natürlich freute ich mich über seinen überraschenden Besuch. Mit der Schnellbahn hatte er eine ideale Verbindung nach Liesing und war innerhalb kürzester Zeit am Bahnhof, von wo ihn mein Sohn abholte.

Nach einer freudigen Begrüßung machten wir es uns zu dritt bei einem kleinen Imbiss in der Gartenlaube gemütlich. Wir hatten uns schon längere Zeit nicht mehr gesehen, und der Gesprächsstoff ging uns nicht aus. Angeregt erzählte er über seine Aktivitäten in Wien, was er in der letzten Zeit alles unternommen hatte und wie es der Familie ging. Aber sein Hauptthema war natürlich die Silberhochzeit.

Angelika hatte sich nach fünfundzwanzig Ehejahren eine große Jubiläumsfeier gewünscht. Dieser Tag sollte würdig gefeiert werden. Außerdem hatte Angelikas Mutter nur einige Tage später Geburtstag, der ebenfalls ein Anlass für ein großes Familientreffen werden sollte. Ich kannte das Geburtstagsdatum von Angelikas Mutter genau, der 6. August. Leider hatte sich durch das zweite Datum bei mir ein Fehler, eingeschlichen. Das sollte dann später sehr unangenehme Folgen für mich haben. Die Zeit des Besuches war rasch vergangen. Wir hatten gerade einmal drei Stunden und schon mussten wir uns wieder voneinander verabschieden. Ich war ein wenig traurig, und mein Sohn fuhr seinen Cousin anschließend direkt zum Schwechater Flughafen.

Die Zeit bis zum Abflug nach Hamburg rückte sehr schnell in greifbare Nähe. Ich hatte inzwischen alle meine Geschenke beisammen und war voller Vorfreude auf den gemeinsamen Urlaub mit meinen Kindern. Einige Tage vor dem Abflug rief meine Tochter bei mir an und fragte, ob wir ein gemeinsames Taxi zum Flughafen nehmen wollen. Natürlich war ich einverstanden und froh, dass sie sich auch darum kümmern wollte. Ich verstand nur nicht, weshalb sie sich schon so früh um ein Taxi bemühen wollte. Wir hatten doch noch vier Tage Zeit bis zum Abflug. Auf alle Fälle hatte ich meinen Koffer schon zum Packen bereitgestellt.

Auf der Kommode waren die Geschenke ausgebreitet, die ich im Koffer verstauen wollte. Aber zuerst musste ich sie noch einpacken. Dafür hatte ich besonders schönes Einpackpapier besorgt und konnte mit dem Einwickeln beginnen. Das verschob ich aber auf den nächsten Tag, ich hatte ja noch genug Zeit.

Meine Tochter rief noch spät am Abend an, um mir mitzuteilen, um wie viel Uhr das Taxi in der Früh vor der Tür stehen würde, um mich abzuholen. Ich bedankte mich, verstand aber immer noch nicht, warum sie mir das schon vier Tage vor dem Abflug mitteilte. Wie ich später bemerken sollte, hatte ich das Geburtstagsdatum von Angelikas Mutter im Kopf. Warum, weiß ich bis heute nicht. Es kam dann auch so, wie es kommen musste.

Am Abend ging ich wie immer zur gleichen Zeit schlafen. Zeitig in der Früh wurde ich von ungewöhnlichen Geräuschen geweckt, die ich unter meinem gekippten Fenster hörte. Ich dachte: „Was ist denn da los um diese Zeit? Was soll das? Mich im besten Schlaf zu stören, das ist doch allerhand." Zusätzlich wurde noch heftig an meine Tür geklopft und ich vernahm eine Stimme, die mir bekannt vorkam: „Oma, bist du fertig? Das Taxi steht vor der Tür, das uns zum Flughafen bringt." „Alexandra, bist du das?", fragte ich überrascht. „Ja, Oma!" „Was machst du schon so früh hier?", wollte ich wissen. „Wir fliegen doch heute nach Hamburg." „Wieso heute? Wir fliegen doch erst am sechsten!" „Nein Oma, am zweiten und der ist heute." Ich öffnete meine Schlafzimmertür, und als Alexandra mich sah, rief sie erschrocken: „Oma, du bist ja noch im Nachthemd!" Was sollte ich darauf antworten? Mir dämmerte, dass ich einem Irrtum erlegen war, und sagte etwas traurig: „Sag der Mama halt, was mir passiert ist. Ihr müsst ohne mich fliegen, ich kann es nicht ändern und ich wünsche euch einen schönen Urlaub." „Oma, das tut mir so leid", sagte Alexandra traurig und ging.

Kaum dass ich die Tür wieder geschlossen hatte, klopfte Alexandra noch einmal: „Oma, die Mama lässt dir auf alle Fälle dein

Ticket da, möglich, dass du noch mit einem späteren Flug nachkommen kannst. Bussi, Oma! Bitte versuche nachzukommen", rief sie noch – und weg war sie.

Ein wenig verloren stand ich zurückgeblieben da. Noch immer im Nachthemd. „Was mache ich denn nun?", dachte ich im Innersten traurig. Sollte ich resignieren oder etwas unternehmen? Ich entschloss mich, sofort etwas zu unternehmen. Vielleicht gab es doch noch eine Möglichkeit, nach Hamburg zu kommen. Ich bat meinen Sohn, der bei mir im Haus wohnt, im Internet nachzuschauen, ob es noch einen späteren Flug nach Hamburg gab. Er war sofort bereit, mir zu helfen, und setzte sich sogleich an den Computer, um sich zu informieren. Aber schon nach kurzer Zeit stand er mit der Frage vor mir: „Mama, wie schnell kannst du fertig sein? Könntest du es in zwanzig Minuten schaffen? Dann können wir deinen Flug unter Umständen noch erreichen. Es wäre einen Versuch wert."
Ich drehte mich um die eigene Achse und wusste nicht, wo ich beginnen sollte, so aufgeregt war ich. Aber ich wollte es zumindest versuchen.

Mein Sohn war mir behilflich und sagte mir, wie ich vorgehen sollte. „Stell deinen Koffer aufs Bett und gib mir die Kleider, die du eingepackt haben willst, in der Zwischenzeit zieh dich an, und ich frage zwischendurch immer wieder, damit du nichts vergisst." Ich begann mit der Katzenwäsche und Zähneputzen. Damit ich nicht lange überlegen musste, was ich anziehen sollte, nahm ich die Kleider, die ich am Vortag schon getragen hatte. Zwischendurch kamen immer die Fragen meines Sohnes: „Hast du Geld und Pass, das Ladegerät fürs Handy, die Kamera, den Schmuck, die Brille, die Zahnbürste?" Ich antwortete immer nur mit Ja oder Nein und räumte mit flinken Händen alle genannten Dinge ein und gab zwischendurch die Kleider, die in den Koffer gehörten, an meinen Sohn weiter, der diese rasch verstaute. Zum Glück wusste ich, was ich auf der Feier anziehen wollte, und legte das Ensemble obenauf, damit es nicht zu sehr knitterte. Schnell verstaute ich noch die uneingepackten Geschenke zwischen der Wäsche im Koffer. In knappen zwanzig Minuten war ich dank der Unterstützung meines Sohnes fertig.

Er nahm meinen Koffer, ging schon voraus, um das Auto zu starten, und rief mir noch zu, dass ich mich beeilen möge. Ich hängte nur noch meine Tasche über die Schulter, nahm meinen Trenchcoat vom Haken, legte ihn über den Arm, schloss die Wohnungstür ab, lief schnell zum Auto und stieg ein.

Nun fuhren wir im Eiltempo in Richtung Flughafen.
Aber leider gab es noch ein Problem: Mein Sohn hatte keine Vignette für die Autobahn und musste deshalb noch schnell einen Abstecher zu einer Tankstelle machen, um eine zu kaufen. Derweil saß ich wie auf heißen Kohlen im Auto und hoffte, dass er schnell zurückkommen möge. Leider war dem nicht so. Vor ihm war ein Kunde, der viel zu lange Zeit beanspruchte. Alles wie immer, im falschen Augenblick. Endlich kam mein Sohn zurück zum Auto. Um die verlorene Zeit wieder einzuholen, fuhr er wie die Feuerwehr und erreichte den Flughafen fünfzehn Minuten vor Abflug. Im Eiltempo war er mir bis zum Schalter behilflich. Sein Abschiedsgruß lautete: „Viel Glück und liebe Grüße an die Hamburger." Ich rief nur noch: „Danke für die großartige Hilfe!"

Am Schalter hielt ich der Angestellten mein Ticket hin und wollte sogleich meinen Koffer aufs Förderband stellen, als sie mich zu meinem Entsetzen auch noch an den nächsten Schalter verwies. Ohne lange zu fragen oder mir Gedanken zu machen, warum, startete ich geschwind zum nächsten Schalter. Dort hatte ich dann auch noch zwei Leute vor mir. Meine Nerven lagen blank. Sollte die ganze Aktion umsonst gewesen sein?

Endlich war ich an der Reihe zur Abfertigung, und ein neuer Einwand ergab sich. Die Angestellte sagte, während sie den Telefonhörer zur Hand nahm: „Ich muss erst Rücksprache halten, ob der Koffer noch mitgenommen werden kann." Derweil trat

ich von einem Fuß auf den anderen und dachte: „Bitte, lass es gut gehen!"
Dann die Erlösung: Er wurde noch genommen.

Mit einem Gefühl der Erleichterung eilte ich jetzt zum Bodycheck. Die letzte Hürde. Ich hatte nichts Gefährliches bei mir und konnte recht schnell passieren. Leider musste ich bei der ganzen Prozedur auch meine Armbanduhr abnehmen. In der Hektik war sie mir beim Wiedereinräumen meiner Sachen irgendwo durchgerutscht. Ich hatte es nicht sofort bemerkt und jetzt war die Entscheidung nicht leicht, sie zu suchen oder weiterzulaufen. Es tat mir zwar leid um die schöne Uhr, aber ich wollte nichts mehr riskieren und entschied mich, auf sie zu verzichten und setzte meinen Weg eilig fort. Der Weg war endlos und mir ging schon langsam die Puste aus. Zum Glück war das Laufband zwischendurch eine rettende kleine Erleichterung für mich. Völlig erschöpft erreichte ich endlich das Ende des Ganges und setzte meinen Weg fort in den Warteraum. Meine drei Damen winkten schon von Weitem. Alexandra rief: „Oma, ich wusste, dass du es schaffst." Ich wurde von allen dreien herzlich umarmt, was mir guttat. Zehn Minuten konnte ich mich noch bis zum Aufruf unseres Fluges zu meinen Lieben setzen, um mich von den Strapazen zu erholen.

Während des Fluges hatte ich meine Augen die meiste Zeit geschlossen und meine Anspannung, die ich noch in allen Knochen spürte, ließ allmählich nach. Einigermaßen entspannt verließ ich nach dem kurzen Flug in Hamburg die Maschine. Nachdem wir unsere Koffer vom Förderband geholt hatten, gingen wir weiter in die Halle, wo Andreas uns schon erwartete. Nach der üblichen Begrüßungszeremonie brachte er uns zu seinem Auto und bat uns, einzusteigen und sagte: „Während der Fahrt zum Hotel können wir besprechen, wie ihr den Tagesablauf gestalten wollt." Die Feier fand erst am Abend statt, und uns blieb bis dahin viel Freizeit, in der wir etwas unternehmen konnten. Andreas meinte noch: „Wenn ihr euer Gepäck im Hotel untergebracht habt, könnt ihr eure Wünsche äußern, wohin ich euch bringen soll, weil ich in weiterer Folge noch andere Gäste abzuholen und zu betreuen habe." In der Zwischenzeit wären wir auf uns allein gestellt und waren mit seinem Vorschlag einverstanden. Das Wetter war wunderschön, und wir hatten an einen kleinen Stadtbummel gedacht. Als alles besprochen war, erzählte ich Andreas zur Erheiterung noch von meinem dramatischen Missgeschick vor unserem Abflug in der Früh. Einerseits bedauerte er mich und ich tat ihm leid, dass mir das passiert war, aber andererseits musste er auch herzlich lachen. Im Nachhinein konnte ich sogar mitlachen, obwohl mir doch noch vor Kurzem eher zum Weinen zumute gewesen war.

Nach einer ziemlich langen Fahrt hielten wir vor einer riesigen Hotelanlage, die wirklich beeindruckend war. Vor einem Gebäude im „Landhausstil" befand sich ein großer Teich, der von Blumen umrankt und im Hintergrund und an den Seiten von riesengroßen Bäumen umgeben war. Das Anwesen lag in einer idyllischen Umgebung. Wir waren beeindruckt und freuten uns schon, in diesem wunderschönen Ambiente zu feiern.
Andreas war mir noch mit meinem Koffer behilflich und fuhr mit mir im Aufzug in den dritten Stock, wo er mir mein Zimmer zeigte und sagte: „Lass dir Zeit, ich erwarte dich und die Mädchen unten im Café auf einen Imbiss zur Lagebesprechung."

Lange im Zimmer aufhalten wollte ich mich auf keinen Fall und hatte nur die Absicht, das Kleid, welches ich am Abend anziehen wollte, auf einen Kleiderbügel zu hängen, damit es sich bis zum Abend wieder aushängen konnte. Aber es kam anders, als ich es mir vorgestellt hatte. Als ich den Koffer öffnete und sah, dass nicht meine Kleider im Koffer lagen, sondern die eines Sportlers, kann sich niemand meine Überraschung vorstellen. Es waren Pullover, Turnschuhe, Trägerleibchen und lauter mir unbekannte Sachen. „Wie konnten diese Kleider in meinen Koffer gekommen sein? Das darf doch nicht wahr sein! Wie ist das nur möglich?", stöhnte ich fassungslos. Ich war der Verzweiflung nahe. Bitte nicht schon wieder! Kann man an einem Tag gleich zweimal in der Klemme sitzen? Warum ausgerechnet ich? Meine Gedanken überschlugen sich. Das war doch mein Koffer – oder etwa nicht? Er konnte es aber nicht sein, denn sonst würden meine Kleider drinnen liegen. Aber er sah meinem zum Verwechseln ähnlich. Was war jetzt wieder passiert? Das konnte nur davon kommen, dass ich vergessen hatte, ein Namensschild anzubringen. Aber in der Hektik in der Früh hatte ich leider an nichts mehr gedacht. Heute war wirklich nicht mein Tag. Alles lief schief. Wie sollte ich das nur dem armen Andreas erklären? Es war mir so was von peinlich! Was sollte er nur von mir denken? Dass seine Tante schon ganz schön verwirrt sein musste? Aber es nützte mir alles nichts, ich musste es ihm gestehen. Also verschloss ich den Koffer wieder und begab mich mit ihm hinunter ins Café, wo ich schon erwartet wurde. An meinem Gesichtsausdruck konnte man natürlich ablesen, dass bei mir etwas nicht stimmte. „Warum bringst du deinen Koffer wieder mit?", wurde ich gefragt. „Es ist leider nicht meiner. Es ist mir so peinlich, dass ich es euch gar nicht sagen kann. Er schaut meinem zum Verwechseln ähnlich und ich weiß nicht, was ich jetzt machen soll", sagte ich kleinlaut. Andreas beruhigte mich. „Setz dich erst mal hin und beruhige dich, das werden wir schon hinkriegen. Iss und trink erst einmal etwas und danach kümmern wir uns um deinen Koffer!" Ich war so froh, dass er das Ganze so gelassen sah und mir deswegen keine Vorwürfe machte. Auch meine Kinder waren ganz lieb zu mir und bedauerten mich. Bei so viel Verständnis ging es mir gleich viel besser, meine Anspannung ließ nach und mir schmeckte sogar der Imbiss.

Nach unserer Pause griff Andreas zu seinem Handy, rief am Flughafen die Information an, um zu erfahren, wie wir am besten zu dem vertauschten Koffer gelangen konnten. Ihm wurde mitgeteilt, dass sie mehrere Koffer in Verwahrung hätten und dass meiner sicher dabei sein würde. Also fuhren wir wieder retour zum Flughafen. Meine Familie begleitete mich liebenswürdigerweise auf diesem Weg, wofür ich sehr dankbar war. In der Fundabteilung angekommen, musste ich mich in einer kleinen Schlange anstellen. Ich war nämlich nicht die Einzige, die ihr Gepäck vertauscht hatte. Als ich endlich an die Reihe kam, fragte mich die Dame am Schalter: „Vermissen Sie etwa einen roten Koffer? Es hat nämlich schon ein Herr angerufen, dass er ebenfalls seinen roten Koffer vermisst." Freudig sagte ich: „Ja!" Mein Koffer wurde aus dem Aufbewahrungsraum geholt und ausgetauscht. Mir fiel ein Stein vom Herzen. Nun schaute ich ihn mir wegen der Ähnlichkeit genauer an. Ich bemerkte dann, dass nur der Griff eine andere Umrahmung hatte, aber ansonsten mit meinem absolut identisch war. Den Griff hatte ich mir natürlich nie eingeprägt und darum war es mir passiert, dass ich einen fremden Koffer genommen hatte.

Die Schalterbeamtin verlangte von mir, dass ich jetzt noch dem Besitzer des Koffers erklären musste, dass es mein Fehler und nicht der des Flughafens war. Möglich, dass er von ihnen verlangt hatte, seinen Koffer bei ihm zu Hause vorbeizubringen. Es war mir klar, dass eindeutig ich den Fehler begangen hatte und ich diesen mir sehr unangenehmen Anruf wohl oder übel tätigen musste. Zu meiner großen Überraschung hörte ich am anderen Ende der Leitung eine sehr freundliche Männerstimme und es fiel mir überhaupt nicht mehr schwer, mich zu entschuldigen. Er nahm die Entschuldigung an. „Das kann doch jedem passieren, ich hole mir meinen Koffer selber vom Flughafen ab, die Hauptsache ist doch, dass er wieder aufgetaucht ist", sagte er zu meiner Erleichterung. Ich bedankte mich herzlich für sein Verständnis und war froh, dass auch dieses Problem gelöst war. Erleichtert und dankbar für die Hilfe, die ich von meinen Lieben bekommen hatte, und dass meine Kinder auf ihren Stadtbummel verzichtet hatten, fuhren wir wieder zurück ins Hotel. Geschafft von den Strapazen des Tages gingen wir in unsere Zimmer. Bis zur Feier blieben noch vier Stunden Zeit, die aber vollkommen ausreichten, um noch ein Stündchen zu schlafen und mich dann in aller Ruhe für den besonderen Anlass herzurichten.

Als es dann endlich so weit war, alle Gäste anwesend waren und wir in fröhlicher Stimmung beieinandersaßen, begann mein Neffe seine Tischrede: „Meine Tante wäre heute fast nicht gekommen, weil sie ...!"

Reisen in Etappen

Mein Vater war Bahnbeamter und erhielt wie alle Mitarbeiter Freifahrscheine. Wir konnten daher jedes Jahr mit der Deutschen Bahn in der damaligen Bundesrepublik Deutschland in Urlaub fahren. So haben wir zu dritt, meine Mutter, mein Vater und ich, meistens im Sommer zu Schulferienzeiten die günstigen Zugfahrten genutzt.

Die erste Reise, an die ich mich erinnere, ging in den Odenwald nach Amorbach. Geplant war mit dem Nahverkehrszug bis Düsseldorf, dann umsteigen in Köln und mit dem D-Zug bis Aschaffenburg und wieder umsteigen in den Nahverkehrszug via Michelstadt nach Miltenberg und dann nach Amorbach. Mein Vater füllte die Blanko-Freifahrscheine mit Datum, Name des Mitarbeiters sowie der Familienangehörigen zu Hause aus und besorgte für uns drei entsprechende Sitzplatzkarten.

Morgens, am Abreisetag, ging es mit Gepäck ohne Schwierigkeiten bis in den D-Zug ab Köln los.
Kurz nach der Abfahrt erreichten wir unser Abteil, setzten uns, mein Vater kramte die Freifahrscheine mit den Sitzplatzkarten heraus und wir machten es uns gemütlich. Mitten auf der Strecke kam der Schaffner. Er verlangte von meinem Vater alle Fahrscheine und auch die Ausweise sowie die Bestätigung der Deutschen Bahn, dass mein Vater Beamter im Güterverkehr war. Wir wunderten uns über die Genauigkeit des Schaffners, die vor allem meinen Vater störte, weil er einen höheren Rang hatte als der Schaffner.

Nach längerem Hin und Her zwischen den beiden Beamten zeigte der Schaffner auf das Reisedatum!

Es stellte sich heraus, dass wir den richtigen D-Zug, das richtige Abteil, die richtigen Sitze bezogen hatten, nur der Tag war falsch. Einen Tag zu früh! Dass so etwas gerade meinem Vater passiert war, war kaum zu glauben. Er war doch immer so übergenau!

Eigentlich hätten wir aussteigen und wieder heimfahren müssen. Wir konnten nur durch unsere Überredungskunst sowie das Mitleid des Schaffners mit mir und meiner Mutter im Zug bis Aschaffenburg bleiben. Damit wir nicht noch einmal die gleichen Probleme bei den Anschlusszügen bekämen, änderte der doch recht nette D-Zug-Schaffner das Datum, um uns aus der Patsche zu helfen.

Der Anschlusszug ab Aschaffenburg war inzwischen abgefahren, da mein Vater nicht nur den Tag zu früh genommen hatte, sondern auch im sehr dicken Kursbuch statt der Spalte „ab Aschaffenburg" die Ankunftsspalte gewählt hatte. Nun hatten wir erst in drei Stunden eine Verbindung von Aschaffenburg nach Michelstadt mit Endhaltepunkt Miltenberg, von wo wir mit einem Auto abgeholt werden sollten. Wir erreichten Miltenberg erst am späten Nachmittag.

Weil die Buchung meines Vaters in Amorbach sowie die Abholung ebenfalls ein falsches Datum hatte, bedrängten meine Mutter und ich ihn, dass er die Pension anrufen sollte, um in Erfahrung zu bringen, ob es eine Möglichkeit gab, uns abzuholen. Nach Schilderung unseres Missgeschicks waren wir froh, unser Zimmer schon einen Tag früher beziehen zu dürfen. Nur wie kamen wir jetzt dorthin, denn die Pensionswirtin hatte an diesem Tag kein Auto für uns zur Verfügung. Sie versprach, einen mit ihr befreundeten Fuhrunternehmer zum Abholen vom Bahnhof Miltenberg vorbeizuschicken.

Als wir das Fahrzeug sahen, waren wir überrascht, was wir da sahen! Ein kleiner Laster, mit 3-sitzigem Führerhaus. Meine Mutter war sehr ängstlich und wollte am liebsten nicht einsteigen, zumal der Einstieg ziemlich hoch war. Durch viel Überredung meinerseits, konnten der Fahrer und mein Vater sie hochhieven. Da ich und auch mein Vater schlank waren, hatten wir alle Platz und fuhren los. Wir waren froh, denn drei Stunden bis Amorbach zu Fuß mit Gepäck wären für uns ausgeschlossen gewesen.

Also besser schlecht gefahren, mit Grinsen des Fahrers ... als auf der Strecke geblieben zu sein.

Eine weitere Reise mit meinem Vater

Mit der Bundesbahn im tiefsten Winter gemeinsam mit meinem Vater, diesmal ohne Mutter, in den Bayerischen Wald zum Skifahren für eine Woche Urlaub fern von zu Hause war für mich ein großes Abenteuer.

Mein Vater hatte hierzu mal wieder sein dickes Kursbuch für die Zugverbindungen zu Rate gezogen.
Nun wussten er und ich die genauen Abfahrtszeiten ab Düsseldorf sowie Umsteige- und Ankunftszeiten.

In der Bahnhofshalle sahen wir den damals aus den Sissi-Filmen sehr bekannten Darsteller des Vaters der Kaiserin Elisabeth Gustav Knuth. Weil wir meinten, noch genügend Zeit zu haben, schlug mein Vater vor, ich solle mir von Herrn Knuth ein Autogramm geben lassen. Ich war mir nicht sicher, ob er es wirklich war und traute mich nicht, ihn anzusprechen. Nach gutem Zureden meines Vaters ging ich dann doch auf ihn zu, stellte fest, dass er es tatsächlich war und bat Herrn Knuth um ein Autogramm. Er war sehr freundlich zu mir und überreichte mir eine Autogrammkarte mit ein paar netten Worten. Freudig lief ich zu meinem wartenden Vater und zeigte ihm das Autogramm.
Nun gingen wir zu unserem Bahnsteig in der Meinung, Zeit zu haben, mussten aber feststellen, dass dem nicht so war! Wir sahen nur noch die Rücklichter von unserem D-Zug. Nun muss-

ten wir mit riesigen Umwegen unser Ziel erreichen, was uns allerdings erst um 23:30 gelungen war.

Ich und mein Vater als Flachlandbewohner wurden mit schönem Wetter, viel Schnee im Mittelgebirge sowie Skilaufen belohnt. Die Skier hatten wir vom einzigen ortsansässigen Schuster, die er extra für uns gefertigt hatte, sodass wir eine vergnügliche und erholsame Woche im Bayerischen Wald verbrachten.
Der Abschied fiel mir und meinem Vater sogar etwas schwer.

Am Abfahrtstag standen mein Vater, der sich als Bahnbeamter hätte auskennen sollen, und ich mit unserem Gepäck in Erwartung unseres Zuges auf dem Bahnsteig. Aus Richtung von Zwiesel kam nur ein Nahverkehrszug, der in seine Remise fuhr. Das kam mir komisch vor! Auf Rückfrage am Bahnschalter bekamen wir die Auskunft, dass nach Zwiesel kein Zug mehr für den Anschluss nach Düsseldorf fuhr. Was tun? Ich musste zur Schule und mein Vater in die Arbeit. Wir nahmen den Vorschlag des Bahnbeamten gerne an, den Pendelzug für die Mitarbeiter der Glashütte zu nehmen, der um 12:00 Uhr nach Zwiesel fuhr, um der Kälte von minus 11 Grad zu entkommen. Ab Zwiesel fuhr der nächste D-Zug nach Düsseldorf erst um 16:00 Uhr. Wir führten etliche Telefonate mit meiner Mutter, Vaters Dienststelle sowie meiner Schule mit der Information über unsere verspätete Ankunft zu Hause.

Das einzig Positive war, dass wir uns nun nach einer Mittagspause mit warmem Essen in einem Gasthof noch die Stadt Zwiesel anschauen konnten. Dann bestiegen wir pünktlich den D-Zug um 16:00 Uhr.

Dass gerade meinem Vater diese Missgeschicke passieren konnten, wo er doch so übergenau war ...
Die Lehre aus der Geschichte: Lieber zweimal hinschauen!

Kroatien

Simone, eine gute Freundin von mir, hatte einen Lebensgefährten namens Hans. Er unternahm jeden Sommer regelmäßig einen Segeltörn in Kroatien. Die beiden waren zwar um einige Jahre jünger als ich, aber wir verstanden uns sehr gut. Ich weiß bis heute nicht genau, warum Hans auf die Idee kam, mich unbedingt auf einen seiner Segeltörns mitzunehmen und das in meinem Alter. Immerhin war ich zu diesem Zeitpunkt schon 74 Jahre alt. Ich habe sehr mit mir gekämpft, ob ich zusagen sollte. Aber Hans war ein guter Überredungskünstler, und ich ließ mich tatsächlich auf das Abenteuer ein.

Insgesamt waren wir sechzehn Teilnehmer, auf zwei Boote verteilt. Die restlichen, mir total fremden Menschen hatten sich zu einem bestimmten Zeitpunkt im Hafen von Sibenik einzufinden. Diejenigen, die kein eigenes Auto besaßen, wurden von anderen Teilnehmern, welche noch freie Plätze zur Verfügung hatten, mitgenommen. Ich bekam einen Platz bei einer mir unbekannten jungen Frau, die sich als Brigit vorstellte. Sie war mir sehr sympathisch, und die Fahrt mit ihr war angenehm und unterhaltsam. Wir verstanden uns vom ersten Augenblick an.

Gut angekommen an unserem vereinbarten Treffpunkt, mussten wir nur noch Hans finden. Hier vor Ort war kaum ein Vorankommen. Um uns herum war ein größeres Gedränge von anderen Segelteilnehmern. Ich war sehr überrascht, wie viele Schiffe dort vor Anker lagen und nur darauf warteten, in See zu stechen. Die vielen Leute, die in Richtung ihrer Boote drängten, schoben ihr Gepäck auf Ladewägen vor sich her, woraus sich ein ziemlicher Stau entwickelte. Zwischen diesen vielen Leuten war es absolut nicht leicht, Hans zu finden. Weiter drängten wir uns mit unserem Gepäck durch die Massen auf der Suche nach ihm.

Nach längerer Zeit fanden wir endlich unseren Kapitän. Er stand vor einem riesig langen Boot, ungefähr zwölf Meter lang. Hans war schon längere Zeit vor Ort gewesen, und während er auf seine Gruppe wartete, hatte er schon damit begonnen, den Berg an Essensvorrat zu verstauen, den er für unsere Belegschaft besorgt hatte. Sein Leichtmatrose Karli, der Hans schon bei früheren Segeltörns begleitet hatte, war ihm dabei behilflich. Schließlich sollte der Vorrat, den sie auf dem Schiff bunkerten, für eine ganze Woche reichen. Berge an Kartons und kleinen Kisten standen aufgestapelt vor ihnen, die alle noch verstaut werden mussten. Um diesen großen Vorrat an Bord zu schaffen, war jede fleißige Hand willkommen! Nach und nach trafen immer mehr von unseren Reisegästen ein, die bereitwillig halfen. Hans und Karli hatten schon viel Vorarbeit geleistet, bis auch die restlichen Leute endlich eingetroffen waren. Alle wurden freudig von ihnen begrüßt und sie waren froh über jede neuerliche Verstärkung.

Mit diesen vielen Hilfskräften war der Proviant schnell im Inneren des Schiffes verstaut. Es war keine leichte Arbeit, da nur eine sehr steile und schmale Leiter nach unten in den hohen Schiffsraum führte, der auch gleichzeitig der Mannschaftsraum war. Unten am Ende der Leiter musste ein starker Mann stehen, der den Proviant sowie das Gepäck entgegennahm, um es abzustellen, damit es später mithilfe anderer Männer gut verstaut werden konnte. Es sollte ja während des Segelns nichts durch die Gegend fliegen.

Immerhin waren wir zehn Personen, es wurden viele Nahrungsmittel benötigt und nicht zu vergessen die vielen Getränke. Alle diese Dinge hatte Hans organisiert, und Karli war ihm dabei behilflich gewesen. Er war ungewöhnlich fleißig und kannte sich mit den Gepflogenheiten an Bord gut aus. Er hatte schon des Öfteren an Segeltörns seines Kapitäns teilgenommen.

Eine andere Überraschung für uns war, dass Hans bei diesem Törn mit zwei Booten unterwegs sein wollte. Felix, sein guter

Freund, sollte das Kommando über ein kleineres Schiff gemeinsam mit seiner Frau Renate als Hilfskraft übernehmen. Außer ihnen hatten sie noch zwei weitere Paare als Gäste bei sich an Bord. Diese Belegschaft versorgte sich unabhängig von uns mit Lebensmitteln.

Als unsere Vorräte und unser persönliches Gepäck endlich verstaut waren, bat Hans die gesamte Belegschaft kurz aufs große Boot. Wir sollten Gelegenheit haben, uns miteinander bekannt zu machen. Damit es ein wenig aufgelockerter ablief, gab es ein Glas Sekt zur Begrüßung. Wir stellten einander vor, stießen auf eine gute Fahrt und eine gemeinsame schöne Zeit miteinander an.

Auf dem Boot Nr. 1 hatten wir ein altmodisches Ehepaar: Isolde und Dirk. Dann waren da noch: Georg, ein Astrologe, Helmut, ein Musiker, dessen Freund Konstantin, Brigit, eine Designerin, Hans, der Kapitän mit Partnerin Simone und Karli sowie meine Wenigkeit. Auf dem Schiff Nr. 2 waren neben Felix und Renate noch Poldi mit Ehefrau Ilse sowie Franz mit Freundin Isabella.

Nachdem wir uns alle miteinander bekannt gemacht hatten, stand dem Start der Segeltour nichts mehr im Weg.
Unser Boot legte als Erstes die Leinen los. Felix war noch kein erfahrener Segler, er hatte sein Patent erst vor Kurzem erworben und folgte darum lieber unserem Boot. Hans war ein sehr erfahrener Segler und hatte sogar schon in der Karibik Segeltörns veranstaltet. Wir fühlten uns bei ihm gut aufgehoben. Der Rest des Tages, der uns noch zur Verfügung stand, war mehr oder weniger als Training für Felix gedacht. Es wehte nur ein leichter Wind, gerade recht, um gemächlich zwischen all den vielen kleinen Inseln hindurchzusegeln und ideal für eine Übungsfahrt.

Dabei genoss ich das unendliche Gefühl der Freiheit und Weite. Wie ein Vogel, der übers Wasser gleitet. Für mich war es ein großartiges Erlebnis. Brigit, ich und das langweilige Ehepaar waren bei diesem Törn die einzigen Neuen in der Gruppe. Die anderen Teilnehmer kannten sich von früheren Fahrten, für sie war es nicht mehr das aufregende Erlebnis wie für uns.

Gegen Abend ankerten wir in einer kleinen Bucht, um dort zu nächtigen. Boot Nr. 2 legte knapp neben unserem an, sodass die Belegschaft nur über die Reling zu klettern brauchte, um mit uns gemeinsam Abendbrot zu essen. Damit nicht allzu viel Zeit mit der Zubereitung des Abendbrots verschwendet wurde, hatte Simone Frankfurter und Debreziner besorgt, die leicht zu wärmen waren. Dazu gab es Landbrot, Senf, Kren, Gurkerl, Bier oder Wein. In fröhlicher Runde ließen wir uns unsere Würstchen schmecken.

Zur Unterhaltung hatte Poldi seine Knopfharmonika dabei. Er war ein großartiger „Gstanzlsänger", und wir hatten einen Mordsspaß mit ihm. Ausgelassen in übermütiger Stimmung feierten wir bis in die Nacht hinein. Nach ein Uhr beendeten wir unseren ersten Tag auf See.

Der Abstieg von der steilen Leiter zu meiner Schlafgelegenheit fiel mir ein wenig schwer. Schließlich hatte ich einige Gläser Wein getrunken, und die Kraft in den Armen hatte ein wenig nachgelassen. Langsam und vorsichtig tastete ich mich hinunter und war froh, als ich heil unten angekommen war.

Meine Kabine teilte ich mit Brigit, mit der ich mich sehr gut verstand. Der uns zugewiesene Raum war ein wenig eng. Nur eine von uns hatte Platz genug sich auszuziehen. Danach musste man in die Koje klettern, um den freien Platz der anderen zu überlassen. Gut, dass ich von dem langen, anstrengenden Tag und dem Wein müde war, weil ich ansonsten sicher in dem engen Raum kein Auge zugemacht hätte. Ich leide nämlich unter Klaustrophobie. Aber zum Glück war die Koje zumindest so breit, dass ich mich bequem umdrehen und bewegen konnte. Ich lag an der Außenwand der Koje und hatte das offene Bullauge vor meinem Gesicht, sodass die würzige Seeluft mich zum Glück schnell einschlafen ließ.

Mit den ersten Sonnenstrahlen in der Früh war ich munter. Nichts hielt mich mehr in dem engen Raum. Ganz leise verließ ich die Schlafstätte, um Brigit nicht zu stören. Unter der Koje stand meine Reisetasche mit Wäsche, der ich frische Kleider entnahm, dann schlich ich mich leise aus dem Raum. Gleich gegenüber unserer Tür befand sich ein kleiner enger Duschraum, wo ich mich duschen konnte. Erfrischt durchquerte ich den Gemeinschaftsraum, wo ich Karli auf dem Sofa noch schlafen sah. Er war nämlich der Einzige an Bord, dem kein eigener Raum zur Verfügung stand. Leise, um ihn nicht zu wecken, ging ich an ihm vorbei, stieg die steile Leiter aufs Oberdeck hinauf, holte tief Luft und begrüßte den neuen Tag. Diese unglaubliche Ruhe hatte etwas Beruhigendes. Ich setzte mich auf eine der Bänke, schaute aufs Meer und genoss die Stille.

Plötzlich hörte ich ein Geräusch und schaute mich um. War ich nicht alleine? Ich hatte aber niemanden gesehen. Das Geräusch war eindeutig ein Schnarchen. Ich stand auf, um einen besseren Überblick zu haben. Dann entdeckte ich, dass jemand sich sein Nachtlager auf dem Oberdeck gerichtet hatte und fest schlief. Unter freiem Himmel war das natürlich der schönste Platz auf diesem Boot. Wer unter der Decke lag, konnte ich von meinem Platz aus nicht erkennen. Aber ich brauchte nicht lange zu warten, bis meine Neugierde gestillt wurde. Mit dem Sonnenschein im Gesicht wurde er munter. Es war Georg, der unter der Decke hervorschaute. Er war ziemlich überrascht, als er mich sah und sagte verschlafen: „Guten Morgen. Ich sehe, du bist überrascht, mich hier zu finden. Aber ich kann in engen Räumen nicht schlafen!" „Das verstehe ich gut", sagte ich und wünschte ihm ebenfalls einen guten Morgen. Georg erzählte mir, dass es ihm ähnlich wie mir ging und er unmöglich in einer engen Kajüte schlafen konnte. Bis der Rest der Belegschaft munter wurde, fragte ich Georg über die Astrologie aus, von der ich sehr viel halte.

Endlich war Frühstück angesagt, und ich freute mich schon auf einen Kaffee. Auf dem Schiff wurde alles in Gemeinschaftsarbeit verrichtet. Jeder half mit, so gut er konnte. Da ich die Älteste an Bord war und die Leiter nicht mehr so leicht rauf und runter steigen konnte, leistete ich meinen Beitrag auf dem Oberdeck. Es war einfach herrlich, in einer so netten Runde auf dem Deck eines Schiffes zu frühstücken. Isolde bereitete für alle ein wunderbares Müsli, welches wir uns schmecken ließen. Danach gab es Gebäck mit Butter, Käse, Marmelade und dazu Kaffee oder Tee. Wir ließen uns sehr viel Zeit mit dem Frühstücken. Während wir so gemütlich beieinandersaßen, besprach Hans gleich seinen Tagesplan mit uns. Er hatte die Absicht, mit uns untertags zu segeln, abends wollten wir grillen, mit Musik und Tanz. Von diesem Vorschlag waren alle begeistert und voller Vorfreude auf einen schönen Abend. Helmut war als Musiker für solche Abende ein gefragter Mann. Für solche Feten hatte er seine Musikanlage immer mit an Bord.

Der Segelausflug verlief allerdings weniger harmonisch, als wir erwartet hatten. Es ergab sich eine kleine Zwischeneinlage, mit der keiner gerechnet hatte. Brigit, die Jüngste in unserer Gruppe, machte es sich auf dem Vorderdeck bequem, um sich zu sonnen. Den Männern gefiel das sehr. Schließlich war der Anblick einer schönen Frau, noch dazu jung und fesch, nicht unangenehm. Den anderen Frauen, die um einiges älter waren als Brigit, gefiel das weniger, weil ihre Männer immer wieder zu ihr hinüberschielten. Auch die Männer unseres zweiten Bootes ließen sich den schönen Anblick nicht entgehen und stierten herüber. Isabella, der Gefährtin von Franz, missfiel das besonders, sie war nämlich sehr eifersüchtig. Die anderen Frauen hielten sich eher zurück und gaben sich gelassen. Aber man merkte, dass die Stimmung ein wenig gekippt war und ich dachte: „Der Abend kann ja heiter werden, wenn sich jetzt schon eine Spannung unter uns aufbaut."

Für unseren Grillabend hatte Hans einen Ort gewählt, an dem es erlaubt war, zu grillen und auch zu musizieren. Wenn ich mich recht erinnere, hieß der Ort „Zlarin". Ich hatte keine Vorstellung, welchen Aufwand es für einen Abend dieser Größenordnung bedurfte. Alleine die Koordination war eine Herausforderung.

Hierfür waren in erster Linie Männer gefragt, die davon etwas verstanden. Hans hatte diesbezüglich seine Erfahrungen, schließlich war dies nicht seine erste Fete, die er veranstaltete. Darum suchte er gezielt die Männer aus, die schon öfter bei seinen Grillabenden mitgeholfen hatten.

Ich stellte mich an die Reling, um das Geschehen von oben zu beobachten. Als Erstes wurde ein großer schwerer Grill aufgestellt, in dem auch sofort ein Feuer entfacht wurde, damit er rechtzeitig die richtige Hitze zum Grillen entwickeln konnte. Dann fiel mir noch auf, wie kompliziert die Aufstellung der Musikanlage war. Nur alleine der Kabelsalat war eine Wissenschaft für sich. Aber Helmut und Konstantin schafften es mit viel Geduld und einigen Flüchen, letztendlich Ordnung in dem Durcheinander zu bringen.

Felix und Poldi kümmerten sich inzwischen um das Fleisch usf., welches sie vor dem Grillen noch marinierten. Dann schlichteten sie die Menge an verschiedenen Grillgütern handlich und griffbereit zum Grillen in eine kleine Wanne. Sie übernahmen auch die Aufgabe des Grillens. Isolde bereitete mit Simone und Renate derweil die dazu passenden Salate. Das Geschirr wurde von dem Rest der Belegschaft von Bord getragen. Ein enormer Aufwand, bis alles bereitstand.
Irgendwann war es endlich so weit und die Fete konnte beginnen. Als die ersten Töne der Musik erklangen, gesellten sich allmählich immer mehr Menschen um unsere Gruppe und waren begeistert von der Musik. Sie begannen sofort zu tanzen. Man spürte es knistern und eine großartige Stimmung kam

auf. Immer mehr Leute, sogar von den Nachbarbooten, gesellten sich zu uns.

Ich genoss die Atmosphäre des schönen warmen Sommerabends unter freiem Himmel, umgeben von lustigen tanzenden Menschen. Meinen Aussichtsplatz an Bord verließ ich nur hier und da, um mir etwas Gegrilltes zu holen. Dazu trank ich einen guten Wein und war rundum zufrieden. Auch während des Essens sah ich dem bunten Treiben weiter von meinem Logenplatz zu. Mir fiel sehr wohl auf, dass Brigit, unsere Sonnenanbeterin, die begehrteste Tanzpartnerin unter all den anwesenden Frauen war. Auch von Männern, die nicht zu unserer Gruppe gehörten, wurde sie immer wieder zum Tanz aufgefordert. Man merkte ihr auch an, dass sie es sichtlich genoss, hier der Mittelpunkt zu sein.

Die gesamte Stimmung war ausgelassen und übermütig. Durch die Beleuchtung der Spots und der Straßenlaterne, unter der sich das Ganze abspielte, wirkte es so, als ob das Geschehen auf einer großen Bühne stattfand. Übermütig und laut tanzten und sangen die Paare zum Rhythmus der Musik. Es waren auch schon einige von ihnen ziemlich betrunken, und der Lärm fing an, überhandzunehmen. So kam, was kommen musste: Plötzlich war die Polizei vor Ort. Sie forderten uns auf, die Feier zu beenden, es hatte nämlich Klagen von Leuten gegeben, die gerne schlafen wollten.

Mit einem Mal plötzliche Stille! Aber nach einer kurzen Atempause redeten alle durcheinander und wollten von der Polizei zumindest die Erlaubnis, noch bis Mitternacht weitertanzen zu dürfen. Zu unserer großen Überraschung erlaubte sie es, und schon wurde sofort weitergetanzt. Die Polizisten hatten sich ein wenig abseits postiert, um uns zu kontrollieren, ob die Feier auch wirklich um 24 Uhr beendet wurde.

Notgedrungen hielten wir uns an die Vereinbarung. Aber einige unzufriedene Männer, die schon betrunken waren, randalierten. Sie wollten das plötzliche Ende der Musik nicht akzeptieren. Die noch anwesenden Polizisten waren sofort zur Stelle, verwarnten sie, wiesen sie in die Schranken und Ruhe trat ein. Gott sei Dank war keiner aus unserer Gruppe dabei. Aber alle waren traurig über das jähe Ende der Fete.

Nur Helmut war nicht wirklich traurig, dass die Feier vorbei war. Er hatte mehr als vier Stunden im Stehen musiziert, mit nur zwei kurzen Pausen. Ihm kam das abrupte Ende sehr entgegen. Schließlich hatte er noch genügend Arbeit mit dem Abbau der Anlage und dem Verstauen an Bord.

Hans und die übrigen Männer trugen alle unsere restlichen Utensilien wieder zurück aufs Schiff. Die Frauen kümmerten sich um die Essensreste und das Geschirr. Karli übernahm die Reinigung des Veranstaltungsplatzes und stopfte den Restmüll in einen großen Sack. Wir wollten den Platz so verlassen, wie wir ihn vorgefunden hatten, um uns keine üble Nachrede einzuhandeln.

Der Abend war ein voller Erfolg gewesen bis auf das abrupte Ende, das uns möglicherweise viel Ärger erspart hatte, da schon einige Männer über den Durst getrunken hatten und sich nicht mehr ganz unter Kontrolle hatten. Aber unsere Crew war mit dem Dargebotenen sehr zufrieden. Inzwischen war es immerhin schon 2 Uhr geworden und wir entschlossen uns, schlafen zu gehen, worüber ich froh war. Von dem langen Tag war ich nämlich total übermüdet und freute mich auf mein Bett. Ich vergaß sogar meine Phobie und war froh, mich ausstrecken zu können. Brigit und ich unterhielten uns noch eine Weile über den wunderschönen Abend, bevor wir einschliefen.

Wie am Vortag war ich morgens wieder die Erste, die aufgestanden war. Leise kletterte ich über die Leiter an Deck, wo ich von Georgs Schnarchen begrüßt wurde. Er lag wieder auf dem Oberdeck. Die Sonne stand schon ziemlich hoch und schien von einem wolkenlosen Himmel. „Heute wird wieder ein schöner Tag", dachte ich. Genussvoll atmete ich die würzige Meeresluft ein und spürte, wie ein leichter Wind angenehm über meine Haut strich. Ich genoss die Stille und setzte mich mit meinem Buch in einen bequemen Sessel, um zu lesen.

Durch das leichte Schaukeln des Bootes und das eintönige Plätschern der Wellen am Bug war ich beim Lesen eingenickt. Doch durch Geräusche wurde ich wieder aus meinem Nickerchen gerissen und wusste momentan nicht, wo ich mich befand. Es war Bewegung an Bord. Die ersten Langschläfer waren aufgestanden und hatten sich ebenfalls auf Deck begeben. Georg hatte sein Nachtlager inzwischen auch verlassen. Von unten aus der Küche hörte ich Geräusche, ein untrügliches Zeichen, dass es bald Frühstück gab.

Heute saßen wir mit faden Gesichtern am Frühstückstisch. Der vorhergehende Abend hing uns noch nach. Aber Hans munterte uns auf, als er sein Tagesprogramm vorstellte, zu dem er auch die Belegschaft des anderen Bootes eingeladen hatte. Die Boote lagen wie immer sehr nah nebeneinander, sodass sie leicht zu uns hinübersteigen konnten. Sein Vorschlag lautete, dass wir zum Schwimmen in die einzige Sandbucht Kroatiens – zur Insel Ilovik – segeln. Diese Insel lag nördlich von Dalmatien in der Kvarner Bucht. Alle waren einverstanden, und wir freuten uns aufs Schwimmen.

An diesem Tag hatten wir mehr Fahrtwind als an den vorhergehenden Tagen und waren darum mit dem Schiff recht flott unterwegs. Das Boot glitt mit einer Leichtigkeit über die Wellen, sodass mir der Fahrtwind nur so um die Ohren pfiff. Bei der Geschwindigkeit, mit der wir jetzt segelten, konnte ich mir gut vorstellen, wie beängstigend es sich bei einem Sturm auf hoher See anfühlen musste. Aber die Tatsache, dass wir immer Land in Sicht hatten, gab mir ein beruhigendes Gefühl.

Ganz ohne Hindernis sollten wir an diesem Tag aber nicht davonkommen. Unsere Brigit lag wieder auf ihrem gewohnten Sonnenplatz am Oberdeck, als unser Boot ganz plötzlich, aus welchem Grund auch immer, einen kurzen heftigen Schwenk nach rechts machte und ich nur noch etwas fliegen sah. „Was war das jetzt?", fragte ich mich. Mein erster Gedanke war: Brigit ist von Bord geflogen. Sie war tatsächlich durch die Fliehkraft bei dem heftigen Schwenk in weitem Bogen ins Wasser geflogen.

Mir blieb vor Schreck der Mund offen, und den anderen ging es ähnlich. Nur Hans reagierte schnell und rief Karli zu: „Schmeiß ihr einen Rettungsring nach!" Karli reagierte blitzschnell und warf den Ring in ihre Richtung. Brigit als gute Schwimmerin erwischte ihn auch sofort. Hans bemühte sich, mit dem Boot so nah wie möglich an sie heranzukommen, damit Brigit wieder ins Boot klettern konnte – was ihr auch gelang.

Wir waren alle erleichtert, als Brigit unbeschadet wieder an Bord war. Sie hüllte sich in ihr Badetuch, schaute in die erschrockene Runde, und es prustete aus ihr heraus ein so lauter Lacher, dass sie uns alle ansteckte und wir ganz herzlich mitlachen mussten.

Schon kurze Zeit danach näherten wir uns unserem Ziel, der Insel Ilovik mit dem weißen Sandstrand, und gingen dort vor Anker. Unsere Boote ankerten so nah wie möglich nebeneinander. Natürlich nur so nahe, wie es der Tiefgang der Boote erlaubte. Das letzte Stück bis an Land mussten wir schwimmen. Ich kann mich nicht erinnern, je ein so klares Wasser mit einem so weißen Grund gesehen zu haben. Man fühlte sich direkt angezogen, ins Wasser zu steigen.

Hinten am Heck des Bootes befand sich die Leiter, von der man ins Wasser hinuntersteigen konnte, um an Land zu schwimmen. Ich hatte das Ufer noch nicht ganz erreicht, als ich ein lautes Gezeter hinter mir hörte.

Was war jetzt wieder passiert? Hoffentlich kein Unglück. Als ich endlich Grund unter den Füßen spürte, drehte ich mich um, um zu sehen, was geschehen war.

Isolde war schockiert, weil Hans nackt ins Wasser gesprungen war. Am liebsten hätte sie sofort das Schiff verlassen, was aber unmöglich war unter den gegebenen Umständen. Weil sie nicht fortkonnte, verkroch sie sich in ihrer Kajüte. Ihr Gatte Dirk war sauer auf Hans. Selbstverständlich blieb er bei seiner Frau. Für die beiden war der Tag natürlich gelaufen. Ab jetzt hatten wir Streit im Paradies. Irgendwie tat mir Isolde ja leid, aber helfen konnte ihr niemand. Hans war es völlig egal, was sie dachte. Die früheren Teilnehmer kannten seine Gepflogenheiten, und es machte ihnen nichts aus, wenn er nackt schwamm. Nur den neuen Gästen hätte er sagen sollen, dass „FKK" inbegriffen war. Dies hatte er leider versäumt.

Ich ignorierte den Ausrutscher und verhielt mich wie immer. Die Umgebung und der Strand waren so einsam und menschenleer, ein wirkliches Paradies, in dem wir die einzigen Menschen waren. Ich wanderte ein wenig alleine am Ufer entlang und meine Füße hinterließen Abdrücke in dem weißen unberührten Sand. Ich kam mir vor, als wäre ich der erste Mensch, der diese Insel betreten hatte. Georg riss mich jäh aus meinen Träumen, als ich ihn an mir vorbeistapfen sah. Er ging ganz nahe ans Ufer, er war auf der Suche nach seltenen Steinen. Im Vorbeigehen rief ich ihm zu. „Viel Erfolg!"

Dann wieder ein Aufschrei! Was war jetzt schon wieder passiert? Ich schaute zu unserem Boot hinüber, und was ich da sah, war mehr als dramatisch. Unser Partnerschiff driftete unbemannt davon. Renate hatte zum Glück entdeckt, dass sich ihr Boot selbstständig gemacht hatte, und schrie laut um Hilfe. Karli, der Jüngste und Schnellste, reagierte als Erster. Er schwamm dem Boot so schnell er konnte hinterher. Hans und Renate folgten ihm. Es war ein dramatisches Wettschwimmen, um die Ankerschnur noch zu erwischen und das Boot zu bremsen, bevor es davonschwamm und eventuell kenterte. Der Anker hatte sich nämlich von der Leine gelöst und das Boot hatte sich selbstständig gemacht. Das Glück war uns hold. Die drei brachten das Kunststück zustande, das Boot wieder unter Kontrolle zu bringen. Uns allen fiel ein Stein vom Herzen, schließlich hatten wir genügend mitgezittert. Aber es dauerte dennoch eine ganze Weile, bis wir uns von dem Schrecken erholt hatten.

Als es begann dämmerig zu werden, schwamm ich gemeinsam mit den anderen zurück zum Boot. Als Älteste ließ man mir den Vortritt, ins Boot zu klettern. Es kostete mich viel Kraft, meinen Körper über die schmale Heckleiter an Bord zu hieven. Alleine hätte ich es wahrscheinlich nicht geschafft. Von oben wurden mir hilfreiche Hände entgegengestreckt. Ich musste mich erst einmal setzen, um mich zu erholen.

Als Letzte kam Brigit an Bord. Sie rekelte sich aufreizend in ihrem knappen Bikini unter der Dusche, die sich am Schiffsende, einige Schritte von der Leiter entfernt, befand. Danach hüllte sie sich in den bereitgelegten Bademantel. Das war wieder ein Hingucker für die Männer. Isabella konnte sich nicht beherrschen und verpasste ihr einen bösen Schimpfnamen ... Durch ihre Eifersucht ließ sie sich leicht provozieren. Aber Brigit überging die Provokation und tat, als ginge es sie nichts an.

Der allgemeinen Stimmung tat es allerdings nicht gut. Wir hatten schon genügend Probleme mit der armen Isolde. Sie verließ ihre Kajüte, die sich am Oberdeck befand, nur noch, wenn Hans nicht anwesend war, um ein wenig mit uns zu plaudern. So leid sie uns tat, wir konnten ihr leider nicht helfen. Auch bei Tisch war sie nicht anwesend, ihr Gatte brachte ihr das Essen in die Kajüte.

Auch abends wollte keine rechte Stimmung aufkommen. Nur Hans war lustig wie immer. Er überging das Ganze, als ob nichts geschehen wäre. Für ihn war es ganz normal, dass er nackt schwamm, für Isolde eben nicht. Und um nicht zu streiten, ging sie ihm aus dem Weg.

Beim Abendessen besprach Hans wie immer mit uns das Programm für den kommenden Tag. Untertags wollten wir wieder segeln und am Abend auf der Insel „Dugi Otok" bei einem Freund von Hans frisch gegrillten Fisch essen, dazu Brot, Sliwowitz und Wein. Sein Freund hieß Slobo und war Berufsfischer. Bei ihm würden wir natürlich den frischesten Fisch der Welt bekommen. Hans hatte unser Kommen für 18 Uhr telefonisch vorbestellt.

Während unserer Segeltour am nächsten Tag mussten wir noch einen Zwischenstopp einlegen, um unseren Wassertank aufzufüllen. Diese Aktion nahm einige Zeit in Anspruch. In der Zeit, in der Hans, Felix und Karli sich ums Wasser kümmerten, konnte der Rest der Belegschaft sich derweil auf einen Kurzausflug in die Ortschaft begeben. Simone und ich schafften es sogar, Isolde dazu zu bewegen, uns auf den Ausflug zu begleiten. Es tat ihr sichtlich gut, aus ihrem selbst gewählten Exil herauszukommen.

Der Ort war nicht sehr groß, und es gab eigentlich auch nichts zu besichtigen. Aber entlang des Ufers erstreckte sich eine wunderschöne lange Strandpromenade mit einigen Cafés davor, von denen wir uns bei der Hitze sofort angezogen fühlten. Während die Männer sogleich auf ein Café zusteuerten, um ihren Durst mit einem Bier zu löschen, zeigten wir Damen Stärke und marschierten die lange Promenade einmal auf und ab, bevor wir uns zu ihnen gesellten.

Zu meiner Freude gab es in dem Café Eis. Ich bestellte mir einen großen Becher Gemischtes, das ich genussvoll verspeiste. An diesem gemütlichen Platz ließ es sich aushalten und noch dazu mit dem Blick aufs Meer. Hier verweilten wir, bis das Kommando von unserem Kapitän zur Weiterfahrt kam.

Wieder an Bord, begab Isolde sich sofort wieder in ihre Kajüte, um Hans nicht über den Weg zu laufen. Es war schon eine verrückte Situation, die unser Gesamtbefinden sehr beeinträchtigte.

Hans nahm jetzt direkten Kurs auf Dugi Otok. Wir waren schon ziemlich spät dran, weil das Wasserbunkern doch länger gedauert hatte als geplant. Aber das Schiff machte gute Fahrt bei dem Wind, den wir momentan hatten. Es hob und senkte sich und stampfte geschwind durch die Wellen. Pünktlich konnten wir trotz Geschwindigkeit keinesfalls mehr sein.

Mit einer guten halben Stunde Verspätung kamen wir ans Ziel. Dieses Mal musste Felix mit seinem kleineren Schiff an der Anlegestelle in der Bucht vor uns ankern, weil sein Boot einen geringeren Tiefgang hatte. Hans blieb mit dem größeren Boot hinter Felix, um kein Risiko einzugehen, auf Grund zu laufen. Dann band er die Schiffe mit Tauen zusammen, um uns das Hinüberklettern bei der ständigen Bewegung der Schiffe für den Landgang zu erleichtern.

Mit viel Überredungskunst gelang es unserer Belegschaft, Isolde dazu zu bewegen, uns zum Fischessen zu begleiten. Auf keinen Fall wollte sie bei Tisch in der Nähe von Hans sitzen. Wir überzeugten sie, dass der Tisch lang genug sei, um genügend Abstand von ihm zu haben. Ihr Mann freute sich, dass Isolde sich von uns hatte überreden lassen, weil er selber gerne beim Fischessen dabei sein wollte.

Die Begrüßung zwischen Hans und Slobo war freudig, sie hatten einander seit einem Jahr nicht mehr gesehen. Anschließend begrüßte Slobo den Rest der Belegschaft und stellte uns gleichzeitig seine Frau Mira vor. Beide waren ganz reizende Leute.

Slobo hatte schon einen langen Tisch für unsere große Belegschaft im Freien aufgestellt, um den wir uns platzierten. Isolde suchte sich sofort einen Platz, der am weitesten von Hans entfernt war. Auch Isabella war bedacht, einen Sicherheitsabstand zwischen ihrem Mann und Brigit zu halten. Darum setzte sie sich lieber mit Franz in Isoldes Nähe. Zum Glück hatte der Rest der Belegschaft keine Probleme mit der Sitzordnung.

Auf einem mit Sliwowitzgläsern gefüllten Tablett reichte Mira den Begrüßungstrunk. Dazu gab es selbst gebackenes Brot. Wir stießen auf unsere Gesundheit und einen schönen Abend an. Das Schnäpschen wirkte auflockernd in der Runde, und sogar Isolde rang sich nach dem zweiten Schnaps ein Lächeln ab und beteiligte sich in weiterer Folge so an der allgemeinen Unterhaltung.

Slobo hatte alle Vorbereitungen vor unserer Ankunft fürs Grillen getroffen. Er musste die Fische nur noch auf den glühenden Grill legen. Derweil die Fische grillten, stellte Mira Schüsseln mit vorbereiteten Salaten auf den Tisch, damit wir uns während des Wartens schon bedienen konnten. Es dauerte nicht lange, bis Slobo die ersten Platten – angefüllt mit verschiedenen Fischsorten – auf den Tisch stellte. Alleine der Anblick und der Duft ließen mir das Wasser im Mund zusammenlaufen. Ich zögerte nicht lange, bis ich zugriff und mir den köstlichen Fisch munden ließ. Von den verschiedenen Sorten, die es zur Auswahl gab, schmeckte einer besser als der andere. Dazu servierte Mira uns ein gut gekühltes Glas Wein. Man hörte uns nur noch schmatzen und schlürfen und das alles in fröhlicher Runde unter einem strahlenden Sternenhimmel am Meer.

Nach dem köstlichen Mahl nahm Poldi seine Harmonika zur Hand und spielte für uns. Er wählte hauptsächlich bekannte Lieder zum Mitsingen aus. Das Singen tat der gesamten Gruppe gut, weil sich dadurch eine gewisse Harmonie unter uns ausbreitete. Der Alkohol tat, was er immer tat und trug zur Auflockerung und einer gewissen Rührseligkeit bei. Ich empfand diesen Abend als harmonisch, wahrscheinlich der harmonischste der ganzen Tour.

Das Singen hatte uns so viel Freude bereitet, dass wir erst nach Mitternacht beschwipst wieder in unsere Boote kletterten. Zur Sicherheit bekam ich von einem der Herrn wieder Unterstützung beim Übersteigen in unser Boot. Aber ich hatte noch eine zweite Hürde vor mir: den Abstieg hinunter über die steile Leiter in den Mannschaftsraum, von wo ich in meine Kajüte gelangte. Auch dieses Kunststück gelang mir, sodass ich dann nach dem Entkleiden ein wenig umständlich in meine Koje kletterte und mich schwerfälliger als sonst hineinfallen ließ. Ich vernahm noch Stimmen von oben an Deck, wo sich die Nachzügler unterhielten, zu denen auch Brigit gehörte. Aber ich bekam nicht mehr mit, wann sie in unsere Kajüte kam, weil ich längst eingeschlafen war.

Nach der ausgiebigen Feier des vorhergehenden Abends schlief ich länger als an den Tagen zuvor. Sogar das Aufstehen fiel mir schwer, aber trotzdem war ich nicht die Letzte, die an Deck erschien. Die Ersten hatten schon mit den Vorbereitungen des Frühstücks begonnen, während Hans inzwischen die Zeche des Grillabends bei Slobo bezahlte.

Als wir, außer Isolde, endlich alle später als üblich am Frühstückstisch saßen, machte Hans uns eine Mitteilung. Er hatte mithilfe von Slobo einen Ort namens „Zablace" ausfindig gemacht, der mit dem Festland verbunden war, wo Isolde mit Gatten endlich von Bord gehen konnte. In diesem Ort konnten beide ihren Urlaub zu zweit alleine auf festem Boden fortsetzen. Außerdem gab es eine Bahnverbindung zum Weiterfahren für den späteren Heimweg. Weil Isolde nicht mit Hans sprach, überbrachte ihr Simone die freudige Botschaft. Für uns kam die Nachricht ebenfalls überraschend. Wir hatten uns nämlich inzwischen an den Zustand gewöhnt. Aber als die plötzliche Trennung nun ernst wurde, waren wir ein wenig beklommen.

Natürlich fragte Hans uns, ob wir mit der geänderten Route nach Zablace einverstanden wären, weil wir durch den Abstecher unsere geplante Tour nicht mehr einhalten könnten. Er machte uns den Vorschlag, wegen der geänderten Situation hier einen Stadtbummel zu unternehmen und auch gleich über Nacht zu bleiben. Wir erklärten uns einverstanden – schon Isolde zuliebe.

Isolde war überglücklich über diese Nachricht. Endlich hatte sie die Möglichkeit, das Schiff zu verlassen. Das Unmögliche geschah, was sie schon nicht mehr zu hoffen gewagt hatte. In aller Eile packte sie ihre Taschen und konnte es kaum erwarten, in Zablace von Bord zu gehen.

Aber die Fahrt zog sich. Ausgerechnet jetzt wollte kein Wind aufkommen. Das Segel war öfter schlaff als gespannt. Als ob es zum Schluss so sein sollte, dass Isolde sich noch einmal in Geduld üben musste. Zum Glück war ihr Mann die Ruhe in Person, und es gelang ihm, sie zu beruhigen.

Unser Schiff machte leider nur geringe Fahrt, und Hans war drauf und dran, mit dem Elektromotor weiterzuschippern. Aber es war nicht wirklich in seinem Sinn. Er wollte mit uns nicht Motorboot fahren, sondern segeln. Darum kamen wir auch erst nachmittags in Zablace an. Dort bemühte sich Hans um ein Taxi für Isolde und Dirk. Bis er mit dem Taxi ankam, hatten die beiden genügend Zeit, sich von der Belegschaft zu verabschieden. Wir wünschten ihnen noch alles Gute, bevor Isolde schnurstracks aufs Taxi zusteuerte und ohne sich noch einmal umzudrehen einstieg und Dirk ihr folgte. Sie hatte Hans keines Blickes mehr gewürdigt, er war sozusagen Luft für sie. Ihn kostete es nur ein Schmunzeln.

Wir waren alle ein wenig bedrückt, als sie fort waren. Ich spürte auch ein eigentümliches Gefühl in der Magengrube. Nur Karli freute sich über die leere Kajüte, die er sofort bezog. Er sah das Ganze von der praktischen Seite und hatte endlich einen Raum für sich.

Den Rest des angebrochenen Nachmittags verbrachten wir mit der Besichtigung von Zablace. Sie war den meisten anderen Kleinstädten ähnlich und hatte keine besonderen Sehenswürdigkeiten zu bieten, so brachen wir den Rundgang schon bald wieder ab.

Wir entschlossen uns, unser Abendessen auf dem Schiff einzunehmen. Schließlich war es schon der vorletzte Abend unserer Tour, und wir hatten noch große Mengen an Lebensmitteln, die gegessen werden sollten. Für den letzten Abend hatte Hans in einem Lokal bereits unsere Abschiedsfeier mit Musik und Tanz arrangiert. Also war es gut, dass wir noch so viel wie möglich von den restlichen Vorräten aufbrauchten. Der Tisch war fast zu klein für das Angebot an Speisen, die wir noch hatten. Aber der Abend war lang, und mit den verbliebenen vierzehn Personen konnte sicher einiges vertilgt werden, was der Sinn des Ganzen war.

Unser Boot lag in einer ruhigen Bucht. Als es anfing dunkel zu werden, gaben unsere Bootslaternen ein diffuses Licht wieder und vermittelten einen Hauch von Romantik. Natürlich trugen der Alkohol und der nächtliche Sternenhimmel über uns ebenfalls dazu bei. Zur Unterhaltung nahm Poldi seine Harmonika zur Hand, um uns aus seinem reichhaltigen Repertoire diverse Kostproben vorzutragen. Es war lustig, wir lachten viel und hatten jede Menge Spaß. Aber je länger der Abend dauerte, umso ausgelassener wurden Franz, Helmut, Konstantin und Hans. Alle buhlten um Brigits Gunst. Ich ahnte, dass Ärger in der Luft lag. Es war immer das gleiche Spiel bei den Männern: Der Revierinstinkt lässt Freunde zu Rivalen werden. Sie fingen an, sich gegeneinander auszuspielen und provozierten sich gegenseitig. Offensichtlich war es ihnen wert, sogar ihre Partnerschaften aufs Spiel zu setzen. Brigit war ledig und im Vergleich zur restlichen Belegschaft jung. Sie war für einen Mann ganz einfach begehrenswert. Ich wunderte mich nur über Hans, er forderte die anderen drei recht provokant heraus, sodass Simone sauer über sein Machogehabe war. Wenn es um die Gunst einer Frau geht, werden Freunde zu Gegnern und bekämpfen sich gegenseitig. Brigit nahm das Gehabe der Männer gelassen und schien sich nichts aus ihnen zu machen. Aber aus deren Sicht wollte jeder Platzhirsch sein. Um ein wenig Ruhe in die erhitzten Gemüter zu bringen, gab Poldi ein paar deftige Witze zum Besten, aber ohne Erfolg. Der Alkohol tat sein Übriges, bis Isabella ein Machtwort sprach: „Es ist an der Zeit schlafen zu gehen, bevor ihr zu raufen anfangt!" Augenblicklich herrschte Totenstille an Bord. Dann meinte Simone: „Ich gebe Isabella vollkommen recht, es ist an der Zeit, dass wir uns zurückziehen. Morgen müssen wir zeitig aufbrechen für die lange Fahrt, die wir vor uns haben." Ich merkte Simone an, dass sie genauso wütend war wie Isabella. Die Männer hatten sich in etwas hineingesteigert, was es nicht wert war, sich deswegen zu zerstreiten. Widerwillig folgten sie diesem Vorschlag. Ich war erleichtert, dass sich die Gemüter beruhigten und die Vernunft siegte. Zu dem damaligen Zeitpunkt konnte ich die späteren dramatischen Folgen nicht ahnen.

Am kommenden Morgen hielten wir uns nicht lange mit dem Frühstück auf. Wir segelten, sobald wir fertig waren, los. Dieses Mal hatten wir günstigen Wind und kamen gut voran. Es war unsere letzte Fahrt auf dieser Tour. Den Ort für unsere Abschiedsfeier hatte Hans so gewählt, dass wir nur eine kurze Anfahrt bis Sibenik hatten – unsere Endstation.

Jetzt hatten wir erst einmal unsere Fahrt bis zum Etappenziel vor uns; und Zeit, die wir zum letzten Mal gemeinsam verbrachten. Bei dem guten Wind, den wir hatten, konnten wir es in der avisierten Zeit schaffen. Ich genoss die letzte Fahrt noch einmal und ließ mir den Wind um die Ohren wehen. Inzwischen hatte ich von Sonne und Wind eine schöne Farbe bekommen.

Wie geplant, erreichten wir den Ort am frühen Nachmittag. Wegen des Tiefgangs unseres Bootes mussten wir ein weiteres

Mal draußen vor Anker gehen, was mir sehr missfiel, weil ich in ein kleines Motorboot umsteigen musste, um an Land zu gelangen. Es fiel mir ganz einfach schwer, in ein schaukelndes Boot einzusteigen.
Da wir gut in der Zeit lagen, konnten wir uns in aller Ruhe auf unseren Abschiedsabend vorbereiten, bevor wir von Karli abgeholt wurden.

Er hatte die Aufgabe übernommen, die gesamte Belegschaft mit dem kleinen Motorboot an Land zu bringen. Beim Umsteigen in das kleine schaukelnde Boot waren mir Hans und Konstantin behilflich, weil ich so ängstlich war. Karli musste die Strecke mit dem kleinen Boot viermal fahren, um vierzehn Leute an Land zu befördern.

Bevor wir zu Tisch gingen, blieb uns noch ein wenig Zeit, die wir für einen Spaziergang im Park hinter dem Hotel nutzten. Die größte Hitze hatte schon nachgelassen, und im Park war es angenehm kühl. Wieder festen Boden unter den Füßen zu spüren, war nach der langen Segeltour ungewohnt, und ich hatte noch immer das Gefühl, dass der Boden unter mir schwankte. Nach dem kurzen erholsamen Spaziergang bewegten wir uns langsam in Richtung unseres wunderschön im Garten gedeckten Tisches. Der Platz war von blühenden duftenden Sträuchern umgeben, und wir waren mit der Wahl des Lokals sehr zufrieden.

Zum Empfang gab es Sekt. Als wir auf einen schönen Abend anstießen, wurde ich das Gefühl nicht los, dass es von einigen nicht ehrlich herüberkam – mit dem schönen Abend. Sicher hatten einige von ihnen den vorhergehenden Abend noch in unguter Erinnerung. Besonders die sonst eher lustige Simone machte einen bedrückten Eindruck. Sie hatte absichtlich an meiner linken Seite Platz genommen, um mit mir reden zu können. Sie vertraute mir an, dass sie mit Hans in der Nacht noch einen heftigen Streit wegen Brigit gehabt hatte, welche wiederum völlig schuldlos war. Es waren ausnahmslos die Männer gewesen, die sich gegenseitig aufgeschaukelt hatten. Simone machte Brigit auch keine Vorwürfe, sondern war nur von Hans enttäuscht. „Das kann ja heiter werden", dachte ich bei mir.

Helmut und Konstantin, die einzigen Ledigen in unserer Gruppe, platzierten sich sofort neben Brigit, sozusagen als ihre Tischherren. Isabella und Franz nahmen an der Tafel weiter unten Platz, in vermeintlich sicherer Entfernung von dem Trio. Aber half das wirklich?
Georg setzte sich zu meiner Freude an meine rechte Seite. Für mich war er während der ganzen Zeit ein angenehmer Gesprächspartner. Wir hatten beide ähnliche Interessensgebiete, wie z. B. die Astrologie. Doch auch das, was uns nicht interessierte, teilten wir, wozu im konkreten Falle das Tanzen gehörte.

Nach unserem Begrüßungstrunk wurde uns in längeren Abständen ein köstliches Drei-Gänge-Menü serviert. In den Pausen zwischen den Gängen hatten wir Zeit, uns zu unterhalten. Aber leider kam keine wirkliche Unterhaltung zustande und das ausgerechnet an unserem letzten Abend. Nicht einmal unserem Stimmungsmacher Poldi gelang es, unsere Gesellschaft mit einigen Anekdoten oder Witzen aufzuheitern. Aber dann, als die ersten Klänge der Musik ertönten, während wir noch bei der Nachspeise waren, heiterten sich die faden Gesichter ein wenig auf.

Kaum, dass Helmut den letzten Bissen hinuntergeschluckt hatte, forderte er Brigit sogleich zum Tanzen auf. Konstantin wollte bei diesem Revierkampf nicht mehr mitspielen. Hans forderte Simone zum Tanz auf, die aber nicht wirklich begeistert schien. Ich als stille Beobachterin hatte kein gutes Gefühl und dachte mir: „Die Männer werden ihren Rivalitätskampf von gestern fortsetzen!" Und so sollte es dann auch kommen.

Hans ließ es jetzt erst recht darauf ankommen und spielte die Rolle des Überlegenen. Möglich, dass er Simone eifersüchtig machen wollte. Er beging aber den Fehler, zu oft mit Brigit zu tanzen. Die Männer mit ihren Partnerinnen hielten sich klugerweise aus dem Konkurrenzkampf der beiden Machos heraus, damit die Abschiedsfeier nicht völlig eskalierte. Die beiden Kontrahenten wussten jetzt nicht mehr, wie sie sich aus dieser verzwickten Situation ohne Gesichtsverlust herauswinden konnten, und der Alkohol tat sein Übriges.

Simone wollte die Feier augenblicklich verlassen und zurück aufs Schiff. Aber ich überredete sie, bis zum Schluss zu bleiben und sich nichts anmerken zu lassen. Die Leviten könne sie Hans auch später noch lesen. Es wäre doch schade um den schönen Abend. Sie erklärte sich einverstanden und meinte: „Das wird noch ein Nachspiel haben!" Georg, der unser Gespräch sehr wohl mitbekommen hatte, bat sie ebenfalls zu bleiben.

Für mich hatte Georg noch eine Überraschung bereit. Er schenkte mir einen Stein, den er in der weißen Bucht gefunden hatte. Ein ungewöhnliches Exemplar. Er war fast ganz rund wie eine Kugel, die genau in meine Hand passte. Dieser Stein hatte in einem anderen größeren Stein mit einer Mulde gelegen und war wahrscheinlich durch die ständigen Bewegungen der Wellen in vielen Hunderten oder noch mehr Jahren rund geschliffen worden. Ich war hocherfreut über so ein ungewöhnliches Geschenk, das bei mir in weiterer Folge einen besonderen Platz bekommen sollte, nämlich unter meinem Kopfkissen, wo sich der Stein heute noch befindet. Ich dankte Georg für dieses Geschenk mit einem Wangenkuss. Wahrscheinlich war ich die Zufriedenste auf dieser Feier.

Nach einem Tanz mit Brigit nahm Hans wieder neben Simone Platz, die ihn jetzt total ignorierte, was ihn wiederum zu frechen Bemerkungen herausforderte. Für mich grenzte sein Verhalten schon an Infantilität. Zu allem Überdruss ließ er sich in völliger Fehleinschätzung des Ernstes der Lage noch zu folgender Bemerkung hinreißen: „Wenn dir etwas nicht passt, kannst du ja gehen, oder ich gehe zur Brigit!" Diese unüberlegte, ja sogar dumme Redewendung sollte sich später als der größte Fehler in seinem Leben herausstellen, denn Simone ging tatsächlich – und zwar für immer.

Sie ließ sich von Karli mit dem Motorboot aufs Schiff bringen und bat ihn, mit ihr die Kajüte zu tauschen, bevor Hans kam. Er verstand sie und willigte ein. So zog er um und sie übersiedelte in Karlis Kajüte.
Simone wollte jede unnötige Diskussion mit Hans vermeiden.

Die restliche Gesellschaft feierte noch einige Zeit weiter. Das Problem zwischen Simone und Hans hatten nur Georg und ich mitbekommen, und wir empfanden es eher als Demütigung für sie. Aber wir wussten auch, dass nicht jeder mit seiner eigenen Wichtigkeit gleich gut umgehen kann. Hans hatte sich zweifellos in etwas verrannt, woraus er nur noch als Verlierer hervorgehen konnte. Dasselbe galt allerdings auch für Helmut. Keiner der beiden wollte nachgeben. Wie wollten sie dieses lächerliche Theater nur beenden?

Leider ging es dramatisch aus. Nach der Feier verlief alles noch wie üblich. Karli hatte die gesamte Belegschaft wieder auf die eigenen Boote gebracht. Es herrschte Katerstimmung, und jeder verkroch sich in seine Koje. Die Nacht verlief fast gespenstisch ruhig. Auch beim Frühstück änderte sich nichts an der bedrückten Stimmung, und wir segelten direkt nach Sibenik, in den nahe gelegenen Zielhafen. Dort angekommen, halfen wir alle, ebenso wie am ersten Tag, beim Entladen des Schiffes. Nach dieser abenteuerlichen aber auch höchst intensiven Segeltour war der Abschied voneinander doch ein wenig traurig. Wir hatten uns auf engsten Raum recht schnell aneinander gewöhnt und waren in relativ kurzer Zeit eine Art eingeschworene Gemeinschaft geworden. Ahnten wir bei der herzlichen Verabschiedung vielleicht im Innersten, dass wir einander wahrscheinlich nie wiedersehen würden? Wir trennten uns mit feuchten Augen und machten uns mit jenen Fahrgemeinschaften, mit denen wir gekommen waren, auf den Heimweg.

Nur Simone und Hans traten ihre Heimfahrt getrennt an. Der glücklose Hans hatte zu hoch gepokert und verloren. Seine heftig umworbene Brigit hatte an einem älteren Mann wie ihm keinerlei Interesse. Und Simone hatte die Partnerschaft mit ihm beendet. So wurde er kalt abserviert, was seinen Stolz schwer verletzte und ihm den Boden unter den Füßen wegzog.

Zu spät erfasste Hans, was er an Simone verloren hatte und wie sehr er sie brauchte. So versuchte er ein ganzes Jahr lang vergeblich, ihre Gunst wieder zurückzugewinnen. Er war regelrecht besessen von der Absicht, die Partnerschaft mit ihr fortzusetzen. Doch sie wollte von ihm nichts mehr wissen. Dieses Kapitel war für sie abgeschlossen.

Hans litt sehr unter der Trennung und fand sich in seinem Leben nicht mehr zurecht. Zusätzlich liefen auch die Geschäfte nicht mehr so gut und es plagten ihn finanzielle Sorgen. Er hatte auch keine wirkliche Bleibe mehr, und seine Freunde machten sich rar. Er hatte sich in eine Situation hineinmanövriert, an der er nicht ganz schuldlos war. So entsetzte mich eines Morgens Simones panischer Anruf, auch wenn er mich eigenartigerweise gar nicht überraschte. „Hans ist tot!", flüsterte sie mit tränenerstickter Stimme. „Er ist volltrunken – so die Polizei – und mit hoher Geschwindigkeit mit seinem Auto gegen einen Baum gefahren." Ich war geschockt und auch traurig, dass es so gekommen war.

Jesolo

Einmal im Jahr leisteten wir uns einen Familienurlaub von unserem anstrengenden Arbeitsalltag in unserer Grillstation. Da die Kinder noch klein waren, unsere Tochter Anna-Maria 9 Jahre und unser Sohn Stefan 3 Jahre, mieteten wir uns in Jesolo einen Bungalow. Hier hatten wir Erholung und die Kinder konnten sich am Strand austoben. Ich konnte sie von meiner Liege unter einem Sonnenschirm im Auge behalten. Unsere Tochter konnte schon schwimmen, aber der jüngere Sohn noch nicht. Dieser Urlaub am Meer war Entspannung pur für die Familie. Besonders mein Mann, der zusätzlich noch die lange Anreise hinter sich hatte, benötigte diese Erholung.

Natürlich wollten wir nicht nur am Strand liegen und hatten deshalb einmal in der Woche einen Tag für Besichtigungen auserwählt. Naheliegend war hierfür, durch die Nähe zu Jesolo, Venedig.

Mit einem größeren Schiff, das den Kindern gut gefiel, setzten wir nach Venedig über. An den Besichtigungen der Stadt hatten die Kinder keine besondere Freude. Das Einzige, was ihnen gefiel, waren die Tauben auf dem Markusplatz. Unser Sohn jagte die Tauben und wollte sie fangen. Was ihm nicht gelang. Er musste sich mit dem Füttern der Vögel begnügen. Mein Mann machte mir zu meiner Freude den Vorschlag, die Basilica di San Marco, gleich neben dem Dogenpalast, mit unserer Tochter zu besichtigen, während er bei einem Kaffee den Sohn von seinem Platz aus beobachten würde.

Wir Damen freuten uns über die Besichtigung der nach byzantinischem Vorbild vom Dogen Domenico Contarini im elften Jahrhundert erbauten Basilika.

Während der Besichtigung der inneren Räumlichkeiten, wie z. B. Rundgänge, entdeckte meine Tochter eine Stiege, die nach oben führte. Natürlich wollte sie wissen, wohin diese führte. Also bat sie mich, mit ihr die Stiege hinaufzugehen. Was wir dann auch gemeinsam taten. Wir waren überrascht, als wir plötzlich im Freien landeten und dadurch die schönste Aussicht über den Markusplatz und das Meer hatten. Nach ausgiebiger Besichtigung der Dachterrasse gingen wir wieder hinunter auf den Markusplatz, wo mein Mann uns freudig erwartete. Bei einem Eis für die Tochter und einem Kaffee für mich erzählte Anna-Maria meinem Mann, was wir alles besichtigt hatten.

Nach dem Besuch der Basilika gingen wir in Richtung Rialtobrücke. Die Altstadt von Venedig mit ihren Gässchen wurde von der Familie besichtigt, woran die Kinder, zu unserm Bedauern, ebenfalls keine Freude hatten, was man ihren Gesichtern mehr als deutlich ansehen konnte. Um sie zu versöhnen, machte mein Mann ihnen das Angebot, ihre Lieblingsspeise Spaghetti essen zu gehen. Da kam Freude auf!
Wir fanden in der Altstadt genau das richtige Lokal, wo die Kinder draußen mit uns sitzen konnten. Nach dem sehr guten Essen machten sich bei unserem Sohn die ersten Ermüdungserscheinungen bemerkbar, sodass wir uns entschlossen, den Heimweg anzutreten. Wir fuhren mit dem nächsten Schiff, was sich anbot, nach Jesolo zurück. Unser Sohn, der es sich auf Papas Schoß bequem gemacht hatte, schlief bald ein. Nach Erreichen der Anlegestelle im Hafen Jesolo stiegen wir in unser Auto um und fuhren zu unserem Bungalow.
Wo die Kinder noch die restliche Zeit des Tages am Strand spielend mit Freunden verbrachten.

Mein Mann und ich waren der Meinung, dass der nächste Ausflug kindgerecht sein sollte. Wir überlegten, womit wir den Kindern eine Freude bereiten könnten. Er holte sich in der Rezeption Vorschläge, wo in der näheren Umgebung ein Lunapark zu finden sei.

In der kommenden Woche fuhren wir mit unseren Kindern zum empfohlenen Lunapark. Mit dem Lunapark hatten sie mehr Freude, was man ihnen ansah, da sie hier mehr gleichaltrige Kinder und Spielmöglichkeiten fanden. Unser Sohn schenkte seine ganze Aufmerksamkeit dem Autokarussell. In jeder neuen Runde stieg er in ein anderes Auto.

Unserer Tochter gefiel das Schaukeln in der Schiffsschaukel und am besten das Drehen im Kettenkarussell.

Unsere Kinder trafen hier ebenfalls ihre Strandfreunde wieder. Das Toben und Spielen gefiel ihnen sichtlich besser als die Besichtigungen mit den Eltern in Venedig. Es fehlte ihnen auch nicht an Pommes, Keksen oder Eis. Als die Mittagshitze zu groß wurde, machten wir uns auf den Heimweg zu unserem Bungalow. Total müde hielten wir alle ein wohlverdientes Mittagsschläfchen.

Der Strand hatte uns erst nach 16:00 Uhr wieder. Die Kinder spielten wie üblich am Strand, die Männer spielten Karten, die Damen plauderten, aber immer mit einem Auge auf die Kinder. So vergingen die schönen Urlaubstage bis zum vorletzten Tag, einem Freitag.
Schon am Abend schlug das Wetter plötzlich um.

In der darauffolgenden Nacht stürmte es so heftig, dass die Türen und Fenster des Bungalows klapperten. In der Früh – oh Schreck –, als mein Mann die Tür öffnete, rief er mich, ich solle einmal schauen, wie der Strand ausschaut. Meterhohe Wellen überspülten den halben Strand. Wir waren traurig und besprachen beim Frühstück, ob wir diesen Tag im Bungalow eingesperrt verbringen oder lieber die Heimreise antreten sollten. Wir entschlossen uns zur Heimreise.

Während mein Mann zur Abrechnung in die Rezeption ging, packten meine Tochter und ich unsere Koffer, sodass wir nach der Rückkehr meines Mannes die Koffer ins Auto einladen und abfahren konnten. Wir waren nicht allzu traurig und freuten uns auf unser Zuhause.

Als wir über die Grenze fuhren, stellten wir schon nach kurzer Fahrt fest, dass auch hier ein Unwetter gewütet hatte. Wir wurden von der Polizei gebeten, auf die obere Hälfte der Straße zu fahren, weil die untere Hälfte durch den starken Regen weggebrochen war. Was für ein Glück wir hatten, erfuhren wir kurze Zeit später aus dem Radio. Dort wurde berichtet, dass die Straße inzwischen unbefahrbar war. Wir waren natürlich froh, dass wir es gerade noch rechtzeitig geschafft hatten.

Unseren Heimweg setzten wir mit zwei Pausen fort. Da es zu dieser Zeit noch keine durchgängigen Autobahnen nach Italien gab, dauerte die Fahrt länger als heutzutage. Mein Mann hatte von der langen und mühsamen Fahrt allmählich Ermüdungserscheinungen und bat mich, mit ihm zu reden, damit er nicht einschlief. Inzwischen war es auch dunkel geworden und die Kinder waren eingeschlafen. Eine weitere Übernachtung unterwegs schloss mein Mann aus, da er nach Hause und in sein Bett wollte. Um 10 Uhr abends erreichten wir dann wohlbehalten unser Ziel.

Mein Mann stieg aus dem Auto aus und ging zur Eingangstür, um zu öffnen, während ich den schlafenden Sohn auf den Arm nahm und mit meiner müden Tochter an meiner Seite hinter meinem Mann her trottete. Plötzlich hörten wir von ihm einen lauten Aufschrei: „Lauft schnell zum Auto zurück!" Was war passiert?!

Es musste was Schlimmes passiert sein, sonst hätte mein Mann uns nicht ins Auto zurückgeschickt. Stefan schlief ruhig und selig in meinem Arm. Nur Anna-Maria und ich rätselten, was passiert sein könnte. Endlich, nach ca. 20 Minuten, kam mein Mann, setzte sich zu uns ins Auto und erzählte, was passiert war.

Als er die Haustür öffnete, strömte ihm ein sehr starker Gasgeruch entgegen, sodass er schnell reagierte und logischerweise den Lichtschalter nicht anknipste, um eine Explosion zu vermeiden. Unser Lokal hatte eine Höhe von mehr als fünf Meter, sodass sich in den zwei großen Sälen bis zu den Decken eine Menge Gas angesammelt hatte, und dieses Gas hätte beim Betätigen des Lichtschalters eine größere Detonation ausgelöst. Mein Mann hat mit einem Taschentuch vor Mund und Nase ganz schnell alle Türen und Fenster geöffnet. Anschließend suchte er nach der Ursache für den Gasaustritt. Er brauchte auch nicht lange zu suchen, bis er den halb offenen Gashahn an der Zuleitung zur Fritteuse fand und ihn schloss.

Wir ahnten, wie das passiert sein konnte, denn es gab nur eine Möglichkeit: unsere Putzfrau, die einen Schlüssel für das Lokal hatte. Sie wusste, dass wir am Wochenende wieder nach Hause kommen würden, und wollte deshalb das Lokal auf Hochglanz bringen.
Beim Reinigen dürfte sie, ohne es zu bemerken, an den Gashahn angestoßen sein.

Unvorstellbar, was passiert wäre, wenn wir nicht einen Tag früher aus dem Urlaub nach Hause gekommen wären. Dank des schlechten Wetters, das uns vor einem unvorstellbaren Schaden gerettet hat.

War es Zufall oder Schicksal?

Taxigeschichten

Fredi

Ein Taxifahrer namens Manfred, den die Kollegen kurz und bündig Fredi nannten, stand einsam auf einem Standplatz am Ende von Wien und ärgerte sich, weil ihm fad war, und sich nichts tat. Über eine Stunde stand er nun schon herum und wartete auf eine Fuhre zurück ins Zentrum.

Dabei hatte der Tag heute besonders gut begonnen. Gleich in der Früh, welch ein Start. Schon mit der ersten Fuhre kam er von Mauer bis ins Zentrum. Ein Wunschtraum für jeden Taxifahrer, der im Vorort von Wien wohnt. Im Zentrum läuft das Geschäft immer noch am besten, schon wegen der vielen Laufkundschaft sowie Touristen. Das Schicksal nahm seinen Lauf, als er eine Fahrt vom Westbahnhof nach Strebersdorf bekam. Normalerweise sind diese Fahrten sehr begehrt. Sie bringen reelles Geld in die Kasse.

Ein nettes älteres Ehepaar stieg am Westbahnhof ein. Sie kamen gerade von einem längeren Urlaub zurück und hatten größeres Gepäck dabei. Zielort Strebersdorf! Bei Fredi wurden gleich die Gehirnzellen aktiviert, und er rechnete schon in Gedanken, was die Fuhre bringen würde. Mit dem Ergebnis war er sehr zufrieden.

Während der Fahrt plauderte er noch nett mit den Fahrgästen, und sie schilderten ihm ihren Traumurlaub in allen Facetten. Sie hatten eine Kreuzfahrt gemacht und alles war ganz super gewesen. Die Ehefrau hatte die Reise bei einem Preisausschreiben gewonnen, sodass die Reise nur die Hälfte gekostet hatte. Sie waren sehr zufrieden und strahlten es auch aus. Fredi fühlte sich von der guten Laune angesteckt und war gut drauf. Er trug den netten Leuten das Gepäck noch bis zur Eingangstür, sodass das Trinkgeld bei der Abrechnung zufriedenstellend war.

Alles hatte bis jetzt gepasst, und nun stand er hier in Strebersdorf. Nach mehr als einer Stunde des lästigen Wartens sah er durch den rechten Rückspiegel endlich jemanden sich in seine Richtung bewegen. Er sah aus dem Augenwinkel, dass es eine junge Frau war, die mit zwei schweren Taschen auf sein Fahrzeug zu stolperte. Sie blieb stehen und fragte: „Darf ich einsteigen, auch wenn ich nicht weit fahren muss? Mit den beiden schweren Taschen schaffe ich es sonst nicht." Da Fredi froh war, keine Wurzeln schlagen zu müssen, sagte er ganz locker: „Natürlich, dazu bin ich ja da." Die Fahrt war dann wirklich nur ganz kurz und kaum der Mühe wert und ebenso war auch das Trinkgeld.

Also fuhr er wieder auf den Superstandplatz zurück und langweilte sich eine weitere Stunde. Dann hatte er die Nase endgültig voll. Ihm kam der wunderbare Gedanke, eine gute Tasse Kaffee wäre jetzt genau das, was er brauchen würde. Da er sich in der Gegend von früheren ähnlichen Erfahrungen auskannte, wusste er, wo sich in der Nähe ein Kaffeehaus befand. Nur zwei Gassen weiter, und schon war er da. Der Gedanke auf einen guten Kaffee hob seine Stimmung, und er war wieder einigermaßen mit sich versöhnt und hatte es jetzt sogar eilig, ins Café zu kommen.

Als er den Raum betrat, ließ er seine Blicke schweifen, um zu sehen, ob er ein bekanntes Gesicht entdecken würde. Und siehe da, er erkannte einen Kollegen. Nun konnte er sich mit jemandem übers Geschäft unterhalten. Nach einiger Zeit sagte Fredi: „Weißt du, für heute habe ich die Nase voll und fahr nach Hause. Auf den depperten Standplatz stell ich mich nicht mehr. Wer will schon um diese Zeit in Richtung Wien – Zentrum?"

Beschwingt verließ er das Lokal und ging zum Auto. Er zog den Schlüssel aus der Hosentasche und ehe er sich's versah, fiel ihm dieser aus der Hand. Leider landete er nicht auf dem Boden. Als er sich bückte, um den Schlüssel aufzuheben, sah er zu seinem Schreck, dass dieser durch den Rost in den Abwasserkanal gefallen war. Er starrte hinunter und dachte: „Ich wusste doch, dass heute nicht mein Tag ist." Aber warum sein Autoschlüssel ausgerechnet im Kanal landen musste, war für ihn nicht nachvollziehbar. Er nannte sich einen Obertrottel, der besser schauen sollte, wo er sich hinstellt, damit ihm so etwas nicht passieren würde. Er hatte einen leichten Schweißausbruch und war sauer.

Alle möglichen Gedanken schossen ihm durch den Kopf, wie er wieder zu seinem Schlüssel kommen könnte. Denn er wusste ja genau, dass er den schweren Rost nicht alleine hochheben konnte. Langsam richtete er sich wieder auf und schaute sich nach Hilfe um. Nicht weit entfernt sah er einen Gendarmen. Es stellte sich ihm jetzt die Frage, ob er ihn bitten konnte, ihm zu helfen? „Versuchs halt", dachte Fredi und ging in die Richtung des Gendarmen. Dieser bemerkte ihn und bewegte sich gemächlichen Schrittes in seine Richtung. Ein total cooler, fescher, braun gebrannter großer Mann bewegte sich auf ihn zu, das halbe Gesicht verdeckt von einer großen Sonnenbrille. Er hatte etwas Machohaftes an sich und so benahm er sich auch. Er tippte lässig mit seiner Hand an die Mütze und grüßte. Dann fragte er freundlich, ob Fredi ein Problem hätte und ob er helfen könne.

Erstaunt über so viel freundliches Entgegenkommen sagte Fredi: „Ja, gerne. Mir ist nämlich mein Schlüssel in den Abfluss gefallen, und ich kann den Rost nicht alleine anheben." „Zu zweit werden wir es doch schaffen", meinte der nette Gendarm. Also gingen sie gemeinsam zur Unglücksstelle und packten es fachmännisch an. Sie bückten sich gemeinsam und zählten bis drei und dann: „Hauruck". Beim Hauruck, sah Fredi zu seinem Entsetzen, dass die coole Markensonnenbrille sich aus dem Gesicht des Gendarmen entfernte. Durch den Ruck flog sie erst in die Höhe und dann begab sie sich abwärts ...

Fredi hatte nur einen Gedanken: diese im Flug aufzufangen. Aber leider griff er daneben, weil der Gendarm den gleichen Gedanken hatte, und sie stießen leicht mit den Köpfen zusammen. Die Brille fiel runter. Nun wollte sie jeder aufheben. Fredi machte einen kleinen Schritt nach vorn, als es unter dem rechten Fuß knirschte. Oh, was war das jetzt? Er hatte gerade die Brille zu Bruch getreten. Es stockte ihm der Atem und er stammelte nur: „Tschuldigung! Ich ersetze natürlich die Brille."

Der Gendarm war genauso perplex und rang noch nach Luft. Er hatte auch schon ein Wort auf den Lippen. „Tro...!" Rechtzeitig schluckte er es aber runter und sagte cool: „Kann passieren." Fredi fiel ein Stein vom Herzen und sagte erleichtert: „Dannnke!" Heute war eben doch nicht sein Tag.

Bei mir ned!"

Fredi war wieder mit dem Taxi unterwegs. Es war ein kalter Wintersamstag, seine Füße waren eiskalt vom langen Stehen auf dem Standplatz. So gegen 13 Uhr kam endlich der erlösende Anruf am Standplatztelefon. Eine Frau wollte von einer größeren Wohnsiedlung aus ins Spital gefahren werden. Freudig nahm er den Auftrag entgegen und fuhr zu der angegebenen Adresse, bekam er doch zusätzlich den begehrten Telefonzuschlag. Die Frau stand schon vor der Eingangstür und erwartete ihn. Sie grüßte und stieg ins Taxi. Fredi grüßte freundlich zurück und fragte, in welches Spital sie gefahren werden wollte. „Ins Hanusch bittschön", gab sie den Zielort an.

Fredi schaute kurz in seinen Rückspiegel und sah eine etwas ältere Frau, die gerade dabei war, ihre Kunstpelzmütze, welche ihr beim Einsteigen übers rechte Auge gerutscht war, zurechtzurücken. Über diesen lustigen Anblick musste er schmunzeln. Kaum saß die Haube am rechten Platz, legte sie auch schon mit einem Redeschwall los. Sie war jener Typ Frau, der sich sehr wichtig nahm, und so formulierte sie auch ihre Worte. Genau genommen hatte sie ein ziemlich vorlautes Mundwerk, welches man am ehesten mit dem Prädikat „präpotent" bezeichnen könnte. Sie hatte die Weisheit nicht mit Löffeln, sondern mit Schaufeln gegessen. Natürlich wusste sie auch alles besser. Ihr Mundwerk wollte und wollte nicht zur Ruhe kommen. Ihren Äußerungen entnahm Fredi schnell, dass sie Hausmeisterin sein musste. So hatte er seine Gaudi mit ihren oft sehr urigen Redensarten und amüsierte sich köstlich bis zu dem Moment, als ihr Wortschatz zu deftig wurde und sie nur noch abfällig von den „Bankerten" der Hausparteien redete, welche oft im Hinterhof spielten und die sie abgerichtet hatte. „I loss ma nix gfoin!" Jeder zweite Satz lautete dann in etwa so: „Bei mir ned. Wauns ned spuan, gibts a scho amoi a Watschn. Bei mir ned."

Fredi sträubten sich die Haare, und er fand sie nicht mehr so lustig und sagte: „Wären das meine Kinder, bekämen Sie mit Sicherheit Ihre Watschen retour." „Des schau i ma au!", meinte sie schnippisch. Danach wurde es still im Auto.

Allzu gern wollte Fredi diese Person los sein. Aber sie aussteigen zu lassen, war leider nicht möglich. Das Ziel war Gott sei Dank schon in Sichtweite, und er war froh, als sie sich dem Krankenhaus näherten. Nun konnte er diesen unangenehmen Fahrgast endlich loswerden.

Aber es sollte anders kommen, als er gedacht hatte. Er fuhr wie immer mit dem Auto so vor, dass der Fahrgast bequem aussteigen konnte. Nun ging es nur noch ums Kassieren. Da begann erst der richtige Ärger. Wenn ein Taxi vom Standplatz gerufen wurde, kostete es zusätzlich die Telefongebühr, die natürlich auf der Rechnung stand.

Sie schrie wie eine Furie von hinten über seinen Sitz: „Bei mir ned! Die Telefongebühr habe ich noch nie gezahlt und zahle sie auch heute nicht." „Dann ist es aber an der Zeit, dass sie ab heute zahlen", meinte Fredi.

Sie hatte es aber geschafft, in ihrer Börse den Betrag ohne Telefongebühr genau zusammenzukratzen, und schmiss das Geld neben Fredi auf den Vordersitz. Nun hatte sie die Absicht, schnell aus dem Auto auszusteigen, und öffnete die Tür. Da sie aber nicht die Schlankste und auch nicht die Beweglichste war und Fredi den Braten gerochen und den Wagen wieder langsam in Bewegung gesetzt hatte, verlor sie durch die Bewegung das Gleichgewicht, plumpste wieder in den Sitz und begann zu schreien: „Ich will aussteigen! Ich will aussteigen!" Fredi wollte sie aber unter gar keinen Umständen aussteigen lassen, denn bei so viel

Frechheit wollte er nicht klein beigeben und ihr einen Denkzettel verpassen.
Aber leider war die Tür offen, und ihr Geschrei konnte leicht missverstanden werden, sodass er sie dann doch lieber aussteigen ließ. Sie stieg so schnell sie konnte aus dem Auto aus, wieselte ohne sich umzudrehen davon und mischte sich gleich unter die anderen Besucher in Richtung Eingang.

Erst wollte Fredi hinterherlaufen. Aber wie sollte er sie zwischen all den Menschen zur Rede stellen, ohne großes Aufsehen zu erregen?

Er hielt inne und dachte nach. Er sagte zu sich: „Beruhige dich erst einmal und lass dir etwas einfallen, wie du die Situation nobel lösen kannst." Es fiel ihm schwer, sich zu beruhigen, denn er wollte dieser unverschämten Person auf alle Fälle eine Lektion erteilen. Es ging ihm nicht um die paar Groschen, sondern ums Prinzip.

Wenn ihn seine Erinnerung nicht täuschte, hatte sie von der Hautabteilung gesprochen, wo ihr Gatte liegen musste. Nun kam ihm der rettende Gedanke und er wusste, was zu tun war. Ganz in der Nähe war ein Polizeikommissariat, und genau dort fuhr er hin.

Ein netter Beamter begrüßte ihn und fragte, was er für ihn tun könne. Nun erzählte Fredi die ganze Story. Der Polizist musste darüber herzlich lachen, hatte aber vollstes Verständnis für Fredis Situation und sagte: „Ich bin alleine und darf den Posten nicht verlassen, aber ein Kollege ist mit einem Streifenwagen in der Nähe unterwegs und diesen werde ich jetzt verständigen, damit er Sie ins Spital begleitet – wenn Sie wollen."

Fredi bedankte sich und fuhr dann wieder in Richtung Spital, wo er schon von dem besagten Polizisten vor dem Eingang erwartet wurde. Er begrüßte ihn und musste die leidige Geschichte noch einmal kurz schildern, damit der Beamte wusste, worum es sich handelte. Auch er lachte über die Story und sagte: „Also, gehn mas an."

Gemeinsam eilten sie in die Hautabteilung, welche leicht zu finden war. Nun mussten sie nur noch jemanden finden, der ihnen eventuell weiterhelfen konnte. In den Gängen liefen einige Schwestern umher, und sie baten die erstbeste um Hilfe. Fredi beschrieb die Frau, so gut er konnte: „Eine nicht allzu große, etwas rundliche Frau mit einer Kunstfellhaube, welche hier ihren Mann besuchen wollte! Haben Sie diese zufällig gesehen?"

Die Krankenschwester antwortete: „Natürlich, diese Frau besucht ihren Mann fast täglich – in dem größeren Saal die zweite Tür rechts."

Sie bedankten sich für die Auskunft. Fredi ging mit Polizeiverstärkung zu besagter Tür, klopfte an, öffnete sie, steckte den Kopf in den Raum, grüßte freundlich und sah sich in der Runde um. Sofort erblickte er eine Frau vor dem Bett eines älteren Mannes sitzen, welche den Kopf verdächtig wegdrehte, um offensichtlich nicht erkannt zu werden. „Das muss sie sein!", dachte er bei sich. Aber er war sich nicht mehr ganz sicher, weil die Frau ohne Mantel und Haube mit ihrem struppigen Haar deutlich verändert aussah. Er wollte die Tür schon wieder schließen, als er sah, dass die Frau sich derart auffällig kleiner machte, dass es nur sie sein konnte! Jetzt wusste er mit Sicherheit: „Das ist sie!" Fredi zeigte dem Polizisten die Frau, und dieser bat sie höflich, ihm für einen Moment auf den Gang zu folgen.

Sehr kleinlaut und mit gesenktem Haupt kam sie heraus. Der Polizist konfrontierte sie mit dem Sachverhalt und fragte streng, ob dies der Wahrheit entspräche. Daraufhin entgegnete sie zerknirscht: „Das Ganze war ja nicht so gemeint! Es handelt sich nur um ein Missverständnis! Auf diesen Bagatellbetrag kommt es mir doch gar nicht an!" Sie kramte auch gleich in ihrer Handtasche, holte die Geldbörse heraus und zahlte den fehlenden Betrag.

Fredi schaute ihr triumphierend in die Augen, beugte sich zu ihr herunter und sagte trocken: „Bei mir ned."

Freunde!

Einmal im Monat traf sich Fredi mit seinen Freunden. Ihr bevorzugter Treffpunkt war das Schweizerhaus. An einem lauen Sommerabend trafen sie sich wieder auf einen Umtrunk. Sie waren gerade mal fünf – alles Taxler.
Bei Schweinshaxe und Bier ließen sie es sich gut gehen. Nach diesem leiblichen Genuss kam schon eine gewisse Stimmung auf und man kam ins Quatschen. Ihre Gespräche drehten sich fast immer um die gleichen Themen: Wie die Geschäfte liefen, was man so tagsüber erlebt hatte, usw.
Manchmal hatten sie sonderbare Erlebnisse, welche zu einer lustigen Unterhaltung beitrugen. Ihre Stimmung hob sich nach einigen Bierchen und schon wurden sie immer mitteilungsbedürftiger.
„Heute in der Früh war meine erste Kundschaft eine Dame aus der Halbwelt", sagte Herbert. Sie hat mich während der Fahrt mit ihren Geschichten genervt. Diese Damen haben es auch nicht immer leicht, und wir Taxler sind eh schon halbe Beichtväter, so habe ich halt brav zugehört. Aber der Clou war: Als wir am Zielort ankamen, stellte sie mir beim Abrechnen die Frage, ob sie nicht auf andere Art bezahlen könne als mit Barem. Da habe ich sie dann angeschaut und gesagt: „Bei genauerer Betrachtung wäre mir das Geld schon lieber." Ossi meinte lächelnd: „Wer weiß, was du versäumt hast?" Alle lachten ganz herzlich.

„Letzte Woche ist mir auch etwas Verrücktes passiert", sagte Fredi, der ja cholerisch veranlagt war. „Stellt euch vor, mir stieg eine Persönlichkeit ins Auto. Der Herr hatte es sehr eilig und sagte mir alles in einem Satz – die Adresse und den kürzesten Weg ans Ziel. Ich nahm diesen Weg und beeilte mich natürlich, um den Fahrgast zufriedenzustellen. Er beugte sich immer wie-

der vor und sagte: ‚So fahren Sie doch schneller, sonst komme ich noch zu spät zu meinem Termin!'
Bei dem Verkehr in der Innenstadt, keine Chance. Trotzdem war ich immer noch bemüht, mein Bestes zu geben. Aber jetzt kommt der Obergag. Die Straße, die er mir angegeben hatte, war eine Einbahnstraße, und urplötzlich hatten wir einen Riesenlaster vor uns – mit Ladetätigkeit. Ihr könnt Euch nicht im Geringsten vorstellen, wie der Herr Wichtig hinter mir explodiert ist." „Na, was war dann?", fragten die Freunde neugierig. „Der Beste wollte, dass ich über den Gehsteig am Laster vorbeifahre und dann rechts in die nächste Gasse abbiege. Dazu wäre ich eventuell noch bereit gewesen, aber rechts abbiegen wollte ich nicht, schon gar nicht entgegen der Einbahnstraße. Wenn ich erwischt werde, wird das teuer für mich. Der Herr steigt dann nämlich aus und ich bleib übrig. Also habe ich abgelehnt. Was soll ich euch sagen, plötzlich führte sich der Kerl hinter mir auf wie Rumpelstilzchen und schrie: ‚Wissen Sie nicht, wer ich bin? Nein!' Er sagte seinen Namen und schrie weiter: ‚Das kommt Sie teuer zu stehen!' Pause. Und dann legte ich los: ‚Jetzt sag ich Ihnen mal etwas: Bei mir sind Sie ein Niemand, höchstens ein Armleuchter und jetzt steigen Sie schnell aus, bevor ich zornig werde und mich vergesse. Auf die Fahrt sind Sie eingeladen und wenn Sie sich nicht tummeln, ruf ich über Funk die Polizei.' Der Typ war schnell aus dem Auto gestiegen und um die nächste Ecke verschwunden."

„Fredi, sag uns, wer war das?" „Nein, ich nenne prinzipiell keine Namen, man kann nie wissen, ob man sich damit schadet." „Schade, wir hätten gerne gewusst, wer das war."

„Braucht vielleicht einer von euch eine Uhr?", fragte Herbert, „ich habe schon ein kleines Lager voll, die von zahlungsunfähigen Fahrgästen stammen. Die meisten lösen sie wieder aus, aber mir ist ein Restbestand geblieben, den will ich gerne wieder loswerden. Natürlich zu einem Sonderpreis unter Freunden", sagte Herbert grinsend.

„So etwas kenne ich, ich habe auch ein kleines Lager im Laufe der Jahre zusammenbekommen", meinte Ossi. Die Situation kannten alle, wenn der Fahrgast kein Geld dabeihatte, hinterließ er ein Pfand.

„Ich hatte einmal Schwierigkeiten mit zwei Jugendlichen, die von mir Geld wollten", sagte Walter. „Sie ließen mich in eine verlassene Gegend mit einer getürkten Adresse fahren und wollten mich überfallen. Mir kamen die Burschen von Haus aus nicht geheuer vor, sodass ich schon die ganze Zeit auf der Hut war. Meinen Ochsenziemer hatte ich griffbereit neben mir. Durch den Rückspiegel beobachtete ich jede Geste und Bewegung der beiden, um schnell reagieren zu können, falls es nötig sein sollte. A bisserl Angst hatte ich schon und auch Herzklopfen, aber Schwäche zeigen derfst ned, sonst bleibst übrig. Was soll ich euch sagen, es kam genau so, wie ich es geahnt hatte. Ich hielt vor dem abgelegenen Haus, und als ich kassieren wollte, hielt mir einer der beiden ein Messer an den Hals und schrie: ‚Geld her oder weißt eh schon, was sonst geschieht!' Mir fuhr ein Schreck durch sämtliche Knochen, aber mein Reflex funktionierte so großartig, dass der Bursche nicht reagieren konnte. Alles geschah gleichzeitig. Mit der linken Hand stieß ich meine Tür auf und ließ mich gleichzeitig vom Sitz hinausfallen, den Ziemer in der anderen Hand. Ich lag zwar am Boden, aber ihr solltet nicht glauben, wie schnell man auf die Beine kommt, wenn man in Lebensgefahr ist.

Die Burschen versuchten natürlich, so schnell wie möglich zu flüchten, nachdem ihr Überfall misslungen war. Ich stand aber in einer sehr guten Position und konnte ihnen einige kräftige Hiebe mit auf den Weg geben, bevor sie in der Dunkelheit verschwanden. Dann holte ich erst einmal tief Luft und ging langsam mit weichen Knien zum Auto zurück, verriegelte zur Sicherheit alle Türen und rief über Funk die Polizei."

„Man merkt, dass dich der Vorfall immer noch bewegt", meinte Ossi. Die anderen waren gleicher Meinung.

„Und hat die Polizei sie erwischt?", fragte Kurt. „Leider nicht! Wenn ich an die Situation denke, es hätte auch anders ausgehen können. Oft habe ich ein ungutes Gefühl im Magen, werde auch manchmal in der Nacht munter und kann schwer wieder einschlafen."

„Bei dem Beruf kann das jedem von uns passieren", meinte Fredi. „Walter, du hast Glück gehabt und auch super reagiert, muss ich sagen. Darauf wollen wir anstoßen, dir alles Gute wünschen und dass wir noch viele schöne Abende miteinander verbringen."

Inzwischen war es spät geworden, und sie dachten ans Heimfahren. Bis zum Praterstern gingen sie noch gemeinsam, dort trennten sich ihre Wege. Jeder musste in eine andere Richtung und keiner war mit dem Auto gekommen, aus gutem Grund. Den weitesten Weg hatte Fredi. Er nahm die Schnellbahn in Richtung Liesing. Fredi spürte den Alkohol und hatte ziemlich schwere Beine. Darum war er froh, als er sich in der Bahn setzen konnte. Er hatte einen schönen Abend mit netten Kollegen gehabt und freute sich auf sein Bett. Aber es kam anders als gedacht. Vom gleichmäßigen Rattern des Zuges und der angenehmen Wärme schlief er zufrieden ein. Einmal wurde er ganz kurz munter und sah durch die Scheibe des Fensters: „Liesing." „Oh Schreck, dachte er, „du musst doch aussteigen." Bevor er aufstehen konnte, hörte er das Geräusch vom Zuschnappen der Tür. Er war noch ganz benommen und musste die Situation erst erfassen. „Nicht so schlimm, steig ich halt in Mödling aus und fahr mit dem Taxi nach Haus." Zufrieden setzte er sich wieder hin und ehe er sich's versah, war er wieder eingenickt. Der nächste helle Augenblick war noch weiter entfernt. „Gumpoldskirchen." Schnell stand er auf und stellte sich an die Tür, damit er die nächste Haltestelle nicht auch wieder verpasste.

In Gumpoldskirchen verließ er den Zug sehr schnell. Schlaftrunken musste Fredi sich erst orientieren. Zuerst suchte er die Anzeigetafel, wann der nächste Zug zurückfuhr. Dann der nächste Schreck – der letzte Zug war schon vor mehr als einer halben Stunde gefahren, und eigentlich wollte er nur noch in sein Bett.

Es musste eine Lösung geben, und es kam ihm auch der erlösende Gedanke. Beim Heurigen saßen oft noch späte Gäste, und mit viel Glück fuhr sicher einer in Richtung Mödling und nahm ihn mit. Diese Idee gefiel ihm und er machte sich sofort auf die Suche nach einem Lokal. Leider war fast nichts mehr beleuchtet. Das erste noch offene Lokal visierte er an und begab sich hinein. Um es kurz zu machen: Er ging direkt auf den Wirt zu und erzählte ihm sein Missgeschick. Dem tat der Fredi leid und er fragte seine wenigen übrig gebliebenen Gäste: „Fährt noch wer in Richtung Mödling?" Niemand meldete sich. „Es tut mir leid, dass ich Ihnen nicht helfen kann", sagte der Wirt. Fredi bedankte sich und verließ enttäuscht das Lokal. „Dann eben nicht", dachte er. „Ich gehe zuerst eine Strecke zu Fuß, und unterwegs halte ich einen Autofahrer an." Er machte sich auf den Weg. Um diese Zeit waren allerdings nur noch selten Autos unterwegs. Kam endlich einmal eines vorüber und er winkte, gab der Fahrer Gas. „Diese feige Bande", dachte er. „Alles Feiglinge! Keiner hält an! Ich Ärmster muss die ganze Weinstraße zu Fuß gehen und niemand hat Mitleid mit mir. Ich bin doch so müde und will nur noch ins Bett."

Der Weg zog sich und kühl wurde es auch. Die Füße taten ihm weh. Er war nur noch ein Häufchen Elend. Den Weg hatte er doch gar nicht so lang in Erinnerung. In der Vorstellung ist eben alles anders. Ein leichter Wind kam auf und es fröstelte ihn. Schließlich war September, und die Nächte wurden schon kühler. Der Weg nahm und nahm kein Ende, und kein Auto war in Sicht. Er war von Dunkelheit und totaler Stille umgeben. Das einzige Geräusch waren seine eigenen Schritte. Es hatte etwas Beruhigendes an sich. Am liebsten hätte er sich irgendwo ins Gebüsch gelegt und ein wenig ausgeruht. Aber er hatte Angst davor einzuschlafen, auch wusste er nicht, wie lange er schon unterwegs war. Auf seiner Uhr konnte er bei der Dunkelheit nichts mehr erkennen. Also torkelte er müden Schrittes weiter.

„Wenn nur nicht die Füße so brennen würden", dachte er. Tapfer setzte er einen Fuß vor den anderen. „Jetzt fehlt nur noch, dass ich beim Gehen einschlafe. Ich glaube, ich muss singen oder pfeifen, um munter zu bleiben." Leise vor sich hin pfeifend marschierte er weiter. „Oh Gott! Ist der Weg nicht bald zu Ende? Warum strafst du mich? Ich bin so müde und kalt ist mir auch. Meine Kondition war auch schon mal besser. Das viele Sitzen im Auto ist nicht das Gesündeste. Ich sollte wieder einmal etwas für meinen Körper tun. Gleich nächste Woche hole ich mein Fahrrad aus dem Keller und dann wird trainiert", sprach er mit sich selbst.

Wie er so gedankenverloren dahinging, hatte er das Gefühl, etwas vor sich zu sehen. Sofort beschleunigte er mit letzter Kraft seinen Schritt, um zu sehen, ob er sich nicht getäuscht hatte. Zu seiner Freude erkannte er die Umrisse eines Hauses.
„Gott sei Dank, ich habe es geschafft!", rief er. „Das Haus kenne ich doch, das ist doch das Haus an der Weinstraße." Wenn er dazu fähig gewesen wäre, hätte er vor Freude einen Luftsprung gemacht.

Leider war alles totenstill, wieder keine Hilfe. Der Weg nach Mödling war noch in weiter Ferne. Um den Weg abzukürzen, schaute er hinterm Haus nach einer Möglichkeit. Vorsichtig tastete er sich in der Dunkelheit voran, um nicht zu stolpern. Es war gar nicht so leicht, sich hinter dem Haus zu orientieren. Er musste sich voll auf den Weg konzentrieren, als ihn plötzlich ein starker Lichtstrahl blendete und eine energische Stimme sagte: „Halt, Polizei, was suchen Sie hier!" Fredi war sehr erschrocken und antwortete wahrheitsgemäß: „Einen Weg nach Hause." „Zeigen Sie uns erst einmal Ihren Ausweis und dann sehen wir weiter", meinte der zweite Beamte mit forscher Stimme. „Schließlich ist es nicht üblich, dass jemand um diese Uhrzeit ums Haus schleicht. Ah, a Taxler san's? Was hat Sie da her verschlagen ohne Auto?"
Nun erzählte Fredi ihnen sein ganzes Missgeschick und wie es dazu gekommen war. Es versteht sich von selbst, dass die zwei Beamten laut lachen mussten. Fredi nahm es gelassen hin, ihm

war eh schon alles egal. Aus seiner Zulassungsbescheinigung hatten die Beamten entnommen, dass er nicht weit entfernt wohnte, und sie machten ihm das Angebot, ihn nach Hause zu fahren. Am liebsten hätte er sie abgebusselt, er bedankte sich mit den Worten: „Die Polizei, dein Freund und Helfer."

Ferdinand

Ferdinand wurde unter den Kollegen auch der fesche Ferdl genannt. Mit den Frauen hatte er so seine Probleme. Er war sehr schnell verliebt und auch leicht für ein Abenteuer zu haben. Aber Letzteres kam ihn immer wieder teuer zu stehen.

Es begann an einem Freitagnachmittag, als am Flughafen zwei fesche blonde Finninnen zu ihm ins Auto stiegen. Sie hatten einen Wochenendaufenthalt in Wien gebucht und wollten natürlich so viel wie möglich sehen und erleben.
Sie gaben Ferdinand ihre Hoteladresse bekannt und fragten gleich, ob er ihnen einige Tipps geben könne, was man in Wien unbedingt anschauen sollte.
Die beiden Damen sprachen sehr wenig Deutsch, dafür umso besser Englisch, welches Ferdinand auch gut beherrschte. Also gab es keine Verständigungsschwierigkeiten, sodass er so frei war, und sich sogleich als Fremdenführer anbot.
Dieser Vorschlag gefiel den Damen gut, und sie meinten, man könne das Gepäck im Hotel abliefern, sich etwas frisch machen, um sich dann bald wieder zu treffen, und den Rest des Tages optimal zu nutzen.
Ferdinand fand den Vorschlag super und fuhr so schnell er konnte in Richtung Hotel. Unterwegs wurde nicht mehr sehr viel gesprochen, da die Damen sich finnisch unterhielten und Ferdinand sowieso kein Wort verstand.

Also nutzte er die Zeit, die beiden zu beobachten.
Was er da sah, gefiel ihm außerordentlich. Alle beide waren eine Augenweide. Die zwei Nordlichter ließen keine Wünsche offen und so schmiedete er schon fantasievolle Pläne, ob sich da nicht ein Abenteuer für ihn ergeben könnte.
„Mir wird schon was einfallen", dachte der schöne Ferdl.

„Der Abschluss des Abends kann zum Beispiel mit dem Besuch eines Heurigen bei einem guten Glas Wein enden und dann wird man weitersehen, was sich noch so ergibt."
Die beiden Mädels waren etwa gleichaltrig, aber die eine war etwas kleiner und zarter gebaut. Genau auf diese hatte er es abgesehen. Nicht, dass ihm die andere nicht auch gefallen hätte, aber die Zartere ließ sein Herz höher schlagen.

Inzwischen waren sie vor dem Hotel angekommen und Ferdinand trug den Damen das Gepäck in die Lobby. Dann kassierte er und gab ihnen seine Visitenkarte, damit sie ihn erreichen konnten. Danach verabschiedete er sich mit den Worten: „Auf ein baldiges Wiedersehen."

Total beflügelt schwebte er davon. Genug Zeit hatte er auch, um auf einen Sprung nach Hause zu fahren, zu duschen und sich umzuziehen. Unter der Dusche trällerte er ein Liedchen. Dann fragte er sich: „Bist du schon ganz deppert, führst dich auf, als gingst zu deinem ersten Rendezvous, alter Depp! Na ja, freuen wird man sich wohl noch dürfen?
Was ist aber, wenn sie sich überhaupt nicht für dich interessiert? Hast a Pech, aber einen Versuch ist es schon wert.
Zerbrich dir nicht den Kopf und lass es auf dich zukommen."
Er nahm sein Lieblings-Deo und sprühte sich ausgiebig damit ein. Fast a bisserl aufdringlich. „Lieber mehr als zu wenig", dachte er.
„Auf in den Kampf, Torero! Mach dir keine Gedanken, wird schon schiefgehen."
Er sah noch einmal in den Spiegel und war mit sich sehr zufrieden. Flott ging er zu seinem Wagen, stieg ein und fuhr los.

Als er im Hotel ankam, erwarteten ihn die Damen bereits. Sie begrüßten ihn freudig und stellten sich beide vor: „Annike und Kaisa." „Angenehm, und ich bin der Ferdinand", sagte er.
Dann bat er die Damen, ins Auto einzusteigen. Er öffnete ihnen die Wagentür und sie stiegen ein.

Ferdinand war nicht entgangen, wie schön sie sich gemacht hatten. Nun schlug er vor, mit einer kleinen Stadtrundfahrt zu beginnen, damit die Damen einen ersten Eindruck von Wien bekämen. Sie fanden den Vorschlag gut und waren einverstanden. Also fuhren sie los.
Sie starteten ihre Tour am Ring. Als Erstes zeigte er ihnen die beiden prächtigen Museen, anschließend fuhren sie weiter an all den schönen anderen Prachtbauten vorbei, dann in die andere Richtung zur Oper. Die beiden Touristinnen waren sehr beeindruckt, auch von seinem Vortrag und dem geschichtlichen Wissen, welches er sich im Laufe der Jahre angelesen und einstudiert hatte. Für den Fremdenverkehr eine unbedingte Notwendigkeit, besonders in seinem Job.

Nun baten sie Ferdinand um einen kurzen Rundgang um die Oper und des Weiteren einen kleinen Spaziergang in der Innenstadt. Also gingen sie die Kärntnerstraße hinunter bis zum Graben, wo sie den Stephansdom in seiner vollen Größe vor sich hatten. Welch ein Anblick. „Diesen schauen wir uns morgen in aller Ruhe an", meinten sie.
Es ging weiter über den Graben bis zum Kohlmarkt, wo sie zur Hofburg abbogen. Annike und Kaisa kamen aus dem Staunen nicht mehr heraus. „Die ist morgen auch auf unserem Programm", sagten sie.
Langsam machten sie sich wieder auf den Weg in Richtung Auto. Bei allen machte sich schon langsam ein wenig Hunger bemerkbar. Ferdinand schlug vor, nach Grinzing zum Heurigen zu fahren, und sein Vorschlag wurde begeistert aufgenommen, da sie schon viel über Grinzing gehört hatten.
Zu aller Freude fanden sie ein Lokal, wo Heurigenmusik gespielt wurde, was die Damen begeisterte. Da es ein schöner lauer Spätsommerabend war, konnten sie auch draußen im Garten sitzen und Ferdinand fand den richtigen Platz. Eine fesche Kellnerin kam an ihren Tisch und fragte: „Was darf's denn zu trinken sein?" Ferdinand riet den Damen zu einem Heurigen, er, als Fahrer, gönnte sich einen Gespritzten. „Ausnahmsweise!" Als

der Wein auf dem Tisch stand, erhoben alle drei ihr Glas auf einen schönen Abend. „Prost!"
Das Essen holten sie sich dann vom Buffet und genossen die Köstlichkeiten bei angeregter Unterhaltung. Für die Damen war alles so neu und Ferdinand zog alle Register. Er ließ seinen unwiderstehlichen Charme spielen, schließlich hatte er ja Hintergedanken, die er natürlich gekonnt verbarg. Er wartete nur auf den richtigen Augenblick, wo er erfolgreich ansetzen konnte, da er gemerkt hatte, dass er ihnen nicht unsympathisch war. Glücklicherweise konnte er es so einrichten, dass er neben Annike saß.
Nach einigen Gläschen Wein war die Unterhaltung sehr aufgelockert. Auch die Musik im Hintergrund tat ihr Übriges.
Obendrein kam auch noch ein Rosenverkäufer an ihren Tisch und Ferdinand kaufte jeder Dame eine schöne rote Rose. Sie waren hingerissen.
Kaisa hatte sehr wohl bemerkt, dass Ferdinand ein Auge auf Annike geworfen hatte, was auch dieser nicht entgangen war. Zu seiner Freude schien es ihr nicht unangenehm zu sein. Der Funke war übergesprungen und die Chemie passte offensichtlich. Sie turtelten, das war offensichtlich.
Kaisa dachte, der kleine Flirt sei ihr vergönnt und amüsierte sich köstlich. Aber zu ihrem Leidwesen entwickelte sich alles anders. Die zwei waren richtig verliebt und das Schicksal nahm seinen Lauf.
Plötzlich hatte Kaisa das unangenehme Gefühl, hier braue sich etwas zusammen und sie bliebe dabei auf der Strecke.
Genau so spielte es sich dann auch ab.
Die zwei hatten den Wunsch aufzubrechen und des Weiteren in Ferdinands Wohnung zu fahren. Vorher wollten sie Kaisa im Hotel absetzen.
Sie und Annike hatten einen kurzen, aber heftigen Wortwechsel auf Finnisch, wonach sich Kaisa einverstanden erklärte. Eigentlich hatte sie sich ihr Wochenende in Wien etwas anders vorgestellt, sie wollte es gemeinsam mit Annike verbringen. Aber damit war es jetzt wohl vorbei. Ihre Freude hielt sich in Gren-

zen und sie hätte am liebsten vor Wut geheult. Also machte sie gute Miene zum bösen Spiel.
Nun hatte es Ferdinand auch eilig mit dem Zahlen und rief die Kellnerin: „Bittschön zahlen!"
Sie brachten Kaisa ins Hotel, vereinbarten mit ihr einen Termin für den nächsten Tag und fuhren dann direkt in Ferdinands Wohnung. Was sich da abspielte, ist eine andere Geschichte.

Am kommenden Tag sahen die zwei Verliebten etwas müde aus. Doch sie waren pünktlich in der Hotel-Lobby, wo Kaisa sie mit fadem, etwas beleidigtem Gesichtsausdruck erwartete. Sie begrüßten sich und setzten sich an einen Tisch, um zu beraten, wie sie den Tag verbringen wollten.
Bei einer Tasse Kaffee kam man sich auch wieder etwas näher und die faden Gesichter wurden freundlicher.
Annike vereinbarte mit Kaisa, tagsüber mit ihr zusammenzubleiben und des Nachts bliebe sie bei Ferdinand.
Die zwei Tage vergingen wie im Flug und waren auch noch angefüllt mit einem vollen Programm. Kaisa war nicht ganz unzufrieden, obwohl sie zeitweise alleine bleiben musste. Aber der große Clou stand erst noch bevor. Annike offenbarte der lieben Freundin, dass sie alleine nach Hause fliegen müsse, weil sie noch einige Tage bei Ferdinand bleiben wolle. So etwas Ähnliches hatte Kaisa schon geahnt und es war auch zwecklos, sie davon abzuhalten. Also fügte sie sich ein wenig traurig ins Unabänderliche.
Annike und Ferdinand begleiteten sie noch zum Flughafen und leisteten ihr bis zum Abflug Gesellschaft.
Dann noch der Abschied mit Bussi! Bussi! und „Ruf mal an und lass von dir hören." „Versprochen", rief Annike noch!
Nun waren die zwei Verliebten ganz für sich.
Sie nutzten die gemeinsamen Tage so gut es ging. Ferdinand war nicht allzu lange mit dem Taxi unterwegs, damit Annike nicht so lange alleine sein musste. Abends trafen sie sich öfter mit Ferdinands Freunden. Er wurde natürlich bewundert und

beneidet, was seinem Ego schmeichelte. So verbrachten sie viele glückliche ungetrübte Wochen, nur der Liebe geweiht.

Aber wie es im wirklichen Leben eben so ist, gibt es auch ein Ende. Annike eröffnete Ferdinand eines Abends, dass sie in den nächsten Tagen den Heimflug antreten würde. Diese Worte trafen Ferdinand wie ein Hammerschlag und es fehlten ihm die Worte. Nach einer Pause fragte er sie: „Gefällt es dir nicht mehr bei mir?" „Natürlich, aber wir wussten doch beide von Anfang an, dass es nicht von Dauer sein kann, nun ist für mich der Zeitpunkt gekommen, dass ich nach Hause will." Er: „Das kann doch nicht dein Ernst sein, dass unsere traumhaft schöne Zeit schon zu Ende sein soll." Sie meinte dazu nur lapidar: „Nichts ist für die Ewigkeit." Ferdinand merkte, dass es ihr wirklich ernst war, und versuchte sie umzustimmen: „Bleib wenigstens noch für ein paar Tage." Aber sie blieb hart. Er verstand die Welt nicht mehr und war fassungslos. Sie teilte ihm mit, dass sie für kommenden Sonntag telefonisch einen Flug gebucht habe. Nun verlor er völlig die Fassung und zeigte sich von einer ganz anderen Seite, die ihr völlig fremd war. Er schrie sie an, dass sie ihn vor vollendete Tatsachen gestellt habe, ohne es vorher mit ihm abzusprechen. Es war in erster Linie verletzter Stolz, der ihn hart traf. Annike erklärte: „Eine Trennung ist leichter, wenn sie kurz und schmerzlos ist." Ein anderer Zeitpunkt würde auch nicht besser passen. „Wir hatten eine schöne Zeit, lass sie uns auch mit Anstand beenden. Mach nicht kaputt, was doch so schön war, es wäre schade, wenn es so enden würde", meinte sie.

Nun verlor Ferdinand völlig die Nerven, nahm aus ihrer Handtasche das Handy und den Pass. Dann riss er die Schnur vom Telefon aus der Wand, drehte sich um und verließ ohne ein Wort die Wohnung. Er schloss die Tür ab und ließ Annike weinend zurück. Sie war verzweifelt, was sollte sie ohne Pass und Telefon tun? Dann überlegte sie, wie sie vorgehen sollte, falls Ferdinand vorhatte, sie hier länger schmoren zu lassen. Es musste doch einen Weg geben, um aus der Wohnung rauszukommen. Sie lag

im dritten Stock. Durch Schreien wollte sie nicht auf sich aufmerksam machen. Ohne Pass war sie sowieso aufgeschmissen. Sie legte sich erst einmal aufs Sofa und versuchte, klar zu denken. Beim Denken dürfte sie eingeschlafen sein, denn als sie die Augen öffnete, war es schon hell draußen und die Sonne schien durchs offene Fenster. Momentan wusste sie nicht, was sich gestern Abend abgespielt hatte und ob es nicht nur ein böser Traum gewesen war. Sie erinnerte sich aber sehr schnell wieder an alles, als sie die herausgerissene Telefonschnur auf dem Boden liegen sah. Ihr erster Gedanke war: „Eingesperrt und ohne Pass in einer fremden Wohnung. Ich muss einen Weg finden, um hier herauszukommen." Sie wollte Ferdinand nach Möglichkeit nicht mehr begegnen. Obwohl es ihr leidtat, nach einer so wunderbaren Zeit, diese böse Erfahrung machen zu müssen. „Was soll's, ändern kann man es ja sowieso nicht mehr", dachte sie. Sie wollte eigentlich nur noch nach Hause. Aber wie konnte sie an ihren Pass kommen? Freiwillig würde sie ihn von Ferdinand nicht bekommen. Also musste sie Schritte unternehmen. Ihr kam auch bald eine Idee. Sie setzte sich vor den Briefkastenschlitz an der Eingangstür und wollte sich bemerkbar machen, wenn jemand vorbeikäme. Vom Fenster aus um Hilfe zu rufen, wäre ihr schon sehr peinlich gewesen.
Da saß sie schon lieber an der Tür auf der Lauer. Über ihr war nur noch ein Stockwerk und so tat sich nicht viel im Treppenhaus. Sie musste Geduld haben.
Nach längerer Zeit des Wartens hörte sie endlich Schritte und versuchte mit zaghafter Stimme Hallo zu sagen. Noch einmal etwas lauter: „Halllllo." Nun fragte eine Frauenstimme: „Wo sind Sie, ich sehe Sie nicht?" „Kommen Sie bitte näher an die Tür zum Briefkastenschlitz, dann verstehen Sie mich besser." Die Frau kam ganz nah zur Tür, bückte sich etwas und schaute durch den Schlitz. Sie konnte eine Frauengestalt erkennen und diese fragte, ob etwas passiert sei und ob sie helfen könne. „Ja bitte", sagte Annike jämmerlich. „Ich bin eingesperrt und kann nicht hinaus." „Soll ich den Schlüsseldienst verständigen?", fragte die Frau.

Annike antwortete: „Ja bitte."
Es dauerte nur eine knappe Stunde und schon war ein netter älterer Herr da und meinte ganz freundlich: „Hama uns ausgsperrt, gnä Frau, kann passiern. Des wern ma glei ham." Er holte einen großen Schlüsselbund aus seiner Tasche und probierte verschiedene aus, bis einer passte. Schwups, die Tür war offen. Es war kein kompliziertes Sicherheitsschloss und so war das Problem schnell gelöst.
Ein gutes Gefühl für Annike. Sie bedankte sich und zahlte.
Da sie aber ohne Pass nichts ausrichten konnte, bat sie die nette Nachbarin ein weiteres Mal um Hilfe. In kurzen Worten erzählte sie von ihrem Streit mit Ferdinand und dass er ihr in seiner Wut den Pass weggenommen hatte, den sie aber unbedingt für den Heimflug brauche.
Die Nachbarin bat Annike in ihre Wohnung, um ihr zu helfen. Dabei dachte sie, dass dieses Ereignis sicher Gesprächsstoff für die nächsten Tage wäre. Ihre Informationen waren aus erster Hand und sie spielte dabei die Hauptrolle. Also war sie recht nett mit Annike und bot ihr auch eine Tasse Kaffee an, wofür diese sehr dankbar war.
Ganz ohne Polizei würde es wohl nicht funktionieren, um an den Pass zu kommen. Die Nachbarin war ganz ihrer Meinung, denn man konnte ja nicht wissen, was dem Ferdinand sonst noch einfiel in seiner Wut. Also verständigten sie die Polizei.
Während sie warteten, versuchte die Nachbarin noch etwas mehr zu erfahren. Annike wollte aber nicht allzu viel ausplaudern und tat, als würde sie nichts verstehen. Sie wusste genau, worum es der netten Frau ging. Zum Glück kam die Polizei ziemlich rasch und so entging sie der lästigen Neugier der netten Nachbarin.

Der Polizist forderte Annike auf, mit ihm in Ferdinands Wohnung zu gehen, „ohne die Nachbarin". Der Beamte befragte sie, was genau geschehen war. Sie schilderte ihm den Vorgang und er meinte: „Das ist eindeutig Freiheitsberaubung. Wir werden alles in unserer Macht Stehende tun, um den Kerl zu finden." Annike war erleichtert. „Ich hätte nur noch eine Bitte", sagte sie. „Ich möchte keine Anzeige erstatten, ich möchte nur noch meinen Pass und mein Handy haben."

Der Polizei gelang über die Taxi-Zentrale Ferdinand zu finden, ihm Pass und Handy abzunehmen und Annike ohne Aufsehen für den Heimflug zu übergeben.

Achtung, Langfinger!

Poldi

Manchmal frage ich mich, woran ein Dieb seine Opfer erkennt. Hat er dafür das gewisse Gespür oder den sechsten Sinn, wie man so schön sagt? Meine Freundin Poldi zog jedenfalls Diebe an wie ein Magnet. Sie besaß einen Friseursalon. Eines schönen Tages flatterte ihr vom Finanzamt ein Brief wegen eines größeren Nachzahlungsbetrages ins Haus, über den sie sehr überrascht war. Um mit dem Finanzamt à jour zu sein, entschloss sie sich, den offenen Betrag am folgenden Tag ihrem Buchhalter zu übergeben – noch bevor sie ins Geschäft fuhr. Er sollte das Geld ans Finanzamt weiterleiten. Aber an dem besagten Morgen klappte nichts. Als sie beim Buchhalter läutete, war niemand anwesend. Sie war zu früh gekommen. Darum ging sie derweil in ein nahe gelegenes Café auf eine Zigarette und einen Mocca. Hier wollte sie warten, bis sein Büro öffnete. Als sie dort so gemütlich saß und sich ihr Zigaretterl schmecken ließ, kam ihr plötzlich der Gedanke, auf den Friedhof zu gehen. Da sie schon einmal in der Nähe war, konnte sie mit ein paar Blümchen wieder einmal am Grab ihrer Eltern, wo sie schon längere Zeit nicht gewesen war, vorbeischauen. Diesen Gedanken setzte sie in die Tat um und fuhr zum nahe gelegenen Baumgartner Friedhof. Sie fand auch gleich in der Nähe des Haupteinganges einen freien Parkplatz, sodass sie nicht allzu weit zum Grab gehen musste. Beim Aussteigen fiel ihr eine kuriose Geschichte ein, die sie beim Frisieren einer Kundschaft vor einigen Tagen gehört hatte: Die ältere Dame hatte ihr erzählt, dass in letzter Zeit auf den Friedhöfen des Öfteren älteren Damen die Handtaschen von Dieben entrissen worden waren. Der Gedanke verunsicherte Poldi und sie überlegte, ob sie ihre Handtasche vielleicht lieber im Auto lassen sollte. Um diese frühe Zeit am Vormittag befanden sich auf dem großen Friedhof kaum Menschen, und es würde niemand einen Überfall mitbekommen und auch niemand ihren Hilferuf hören. Also wollte sie lieber auf Nummer sicher gehen und versteckte ihre Handtasche mit den siebentausend Euro im Kofferraum zwischen den Materialkartons und den Einkaufstaschen.

Beruhigt, ihr Geld in Sicherheit zu wissen, ging sie zum Grab der Eltern und wechselte die verwelkten Blumen in der Vase gegen frische aus. Dann zündete sie eine Kerze an und verweilte noch einige Minuten in Gedanken bei ihnen. Anschließend ging sie zum Auto zurück und wollte nun auf kürzestem Weg mit dem Geld zum Buchhalter fahren. Beim Auto angekommen, öffnete sie den Kofferraumdeckel, um ihre Tasche aus dem Versteck hervorzuholen. Als sie einen Kontrollblick in ihre Tasche geworfen hatte, traute sie ihren Augen nicht: Diese war leer. Das konnte doch nicht möglich sein. Sie hatte sich doch extra umgesehen, ob sie beobachtet worden war. Weit und breit war kein Mensch zu sehen gewesen, als sie ihre Handtasche im Kofferraum versteckte hatte – und jetzt das! Verzweifelt fuhr Poldi zur nächsten Polizeistation, um ihren Diebstahl zu melden. Aber die Beamten konnten leider nichts für sie tun, weil sie keinerlei Angaben über einen Täter machen konnte. Poldi erstattete eine Anzeige gegen unbekannt. Nach wem sollten sie suchen?

Schon einige Monate später sollte Poldi erneut Geld gestohlen werden. Wegen allgemein bekannter Diebstähle in den Supermärkten wollte sie wieder vorbeugen und nahm deshalb keine Handtasche zum Einkaufen in den Supermarkt mit. Sie steckte ihre Geldbörse lieber in eine unauffällige bunte Plastiktüte und glaubte so, ihre Börse in Sicherheit zu wissen. Nachdem sie langsam die Regale abgegangen war und die Produkte, welche sie zu kaufen gedachte, in den Einkaufswagen gelegt hatte, nahm sie noch einmal zur Kontrolle ihren Einkaufszettel zur Hand, um zu schauen, ob sie auch nichts vergessen hatte. Während des Lesens legte sie die Tüte mit der Börse zwischen ihre schon ausgewählte Ware in den Einkaufswagen. Als sie sicher war, alles im Wagen zu haben, ging sie zur Kasse. Auf dem Weg dorthin stand rechts von ihr ein sehr gut gekleideter junger Mann, der eine Konservendose in der Hand hielt und etwas hilflos zu lesen versuchte, was auf der Dose stand. Als Poldi auf seiner Höhe war, sprach er sie höflich in gebrochenem Deutsch an: „Bitte mir sagen, was steht auf Dose? Ich nicht verstehen gut Deutsch." Freundlich, wie Poldi nun einmal war, nahm sie die dargereichte Konservendose in die Hand und las ihm vor, was er wissen wollte. Er bedankte sich sehr herzlich und ging weiter, sie setzte ihren Weg zur Kasse fort. Beim Zahlen erlebte sie dann eine böse Überraschung: Ihre Börse war weg. Schnell hatte sie begriffen, woher der Wind wehte und sah sich nach dem netten Herrn im Geschäft um, aber von ihm war weit und breit nichts mehr zu sehen. Er war verschwunden.

Ihre nächste böse Erfahrung machte Poldi nach einem Esoterik-Seminar. Regelmäßig einmal im Monat besuchte sie mit Freundinnen und Bekannten dieses Seminar, das in einem Seminarhotel ein wenig außerhalb von Wien stattfand. Um die Umwelt nicht mit vier Autos zu belasten, nahm Poldi drei Personen in ihrem Auto auf dem Weg dorthin mit. Auf einer dieser Fahrten hatte sie zwei Freundinnen und einen etwas jüngeren Mann dabei, der zum ersten Mal mit ihr fuhr. Anschließend vergnügten sich die Teilnehmer noch bei einem Imbiss mit Getränken in klugen Gesprächen. Diese Gespräche zogen sich bis Mitternacht in die Länge. Gestärkt durch Entspannung und geistiger Nahrung machte sich Poldi danach mit ihrer kleinen Gruppe wieder auf den Heimweg. Sie setzte jeden ihrer Begleiter vor seiner eigenen Haustür ab und kam deshalb selber um einiges später nach Hause. Aber da sie ein Nachtmensch war, machte es ihr nicht allzu viel aus. Wie gewohnt setzte sie sich an den Tisch, zündete sich noch eine Zigarette an und kontrollierte ihre Tagesausgaben, die sie in ein Heft eintrug, um zu wissen, was sie tagsüber ausgegeben hatte. Beim Nachzählen des Geldes fehlten ihr aber 200 Euro. Um sicherzugehen durchsuchte sie ihre Handtasche etliche Male. Vielleicht hatte sie die Scheine in ein Seitenfach gesteckt. Aber auch dort fand sie das Geld nicht. Vor ihrem geistigen Auge ließ Poldi den Abend noch einmal Revue passieren, wo ihr das Geld abhandengekommen sein könnte. Es konnte nur passiert sein, als sie aufs Klo gegangen war und ihre Tasche über die Stuhllehne gehängt hatte. Nur, wer aus der Gruppe sollte während ihrer Abwesenheit das Geld aus ihrer Tasche genommen haben? Sie wagte es nicht, auch nur einen einzigen von ihnen zu verdächtigen. Auf der Heimfahrt hatte sie ihre Handtasche neben ihren Sitz auf den Boden gestellt, weil alle vier Sitze besetzt waren und sich kein anderer Platz ergab. Bei der Verabschiedung der ersten Freundin war sie ausgestiegen und hatte dabei mit dem Fuß die Tasche angestoßen, sodass diese aus dem Auto gefallen war, sich dabei geöffnet und der Inhalt sich auf die Straße ergossen hatte. Der junge Mann war sehr hilfsbereit gewesen und hatte sich sofort gebückt, um Poldi, die sich mit dem Bücken schwertat, behilflich zu sein. „War er gar der Dieb?", fragte sie sich. Sie wusste nicht, was sie denken sollte. Sie hätte nämlich für jeden Einzelnen aus der Gruppe ihre Hand ins Feuer gelegt.

Maria

Einer anderen älteren Freundin von mir ging es nicht besser als Poldi. Sie war ebenfalls das Opfer von Dieben geworden. Sie ist Pensionistin, heißt Maria und hat viel Zeit, in der sie gerne wochentags in Wien unterwegs ist. Einmal, als sie in der Innenstadt nach einem Besuch in der Kirche – gestärkt von einem Gebet – diese verlassen wollte, die Schwingtür hinter sich zufallen ließ und sich im Vorraum befand, stellten sich ihr vor der Ausgangstür zwei große exotische Männer in den Weg. Wie eine riesige Mauer standen diese plötzlich vor ihr. „Was soll das jetzt?", dachte Maria und machte einen Schritt nach rechts, um auszuweichen. Die Männer machten ebenfalls einen Schritt nach rechts, sodass Maria nicht an ihnen vorbeikam. Sie machte einen weiteren Versuch, nach links auszuweichen, und die Männer taten es ihr gleich. Sie geriet in Panik und wollte um Hilfe schreien. Darauf legte einer der Männer seinen Zeigefinger auf seinen geschlossenen Mund und machte Pst. Sie sprachen kein Wort, gaben ihr aber durch Handzeichen unmissverständlich zu verstehen, was sie von ihr wollten. Verschreckt und ängstlich holte sie ihre Börse aus ihrer Handtasche und hielt sie den beiden Gestalten zur Geldentnahme entgegen. In aller Ruhe bedienten sie sich, nahmen das Geld aus der Börse und gaben sie Maria lässig leer zurück. Anschließend verließen sie langsam und ohne Hast die Kirche, und Maria stand mit schlotternden Knien da. Sie ging zurück in die Kirche, setzte sich in eine Bank, um sich von dem Schock zu erholen. Sie überlegte, ob sie eine Anzeige machen sollte, kam aber zu dem Schluss, dass sie die Männer eh nicht genau beschreiben konnte. Wen sollte sie da anzeigen? Also ersparte sie sich den Weg zur Polizei, aber schwor sich, in Zukunft keine Kirche mehr alleine zu betreten.

Leider machte Maria noch weitere böse Erfahrungen mit Dieben. Als sie einmal eine Ausstellung in der Albertina besucht hatte, wollte sie als Abschluss anschließend noch in der Nähe in ein Café gehen. Um dort hinzukommen musste sie von der Albertina weg die Straße überqueren. Sie ging vorschriftsmäßig über den Zebrastreifen. Als sie ungefähr in der Mitte der Straße war, kam ihr forschen Schrittes eine junge Frau entgegen und ging direkt auf Maria zu. Ohne dass sie mitbekam, wie ihr geschah, riss diese kräftig an ihrer Handtasche. Aber zufällig hatte sie ihre Tasche fest im Griff und ließ sie nicht los, sondern umklammerte sie noch fester, sodass sie durch das Gerangel ihr Gleichgewicht verlor und stürzte. Trotzdem ließ die fremde Frau nicht locker und schleifte Maria ein Stück weiter über die Straße. Es dauerte eine ganze Weile, bis jemand mitbekam, was da vor aller Augen ablief. Erst als ein Mann Maria zu Hilfe kam, ließ die fremde Frau die Tasche los und lief davon. Ganz plötzlich war sie von vielen neugierigen Menschen umgeben. Irgendwer hatte sogar die Polizei verständigt, die auch innerhalb kürzester Zeit am Ort des Geschehens eintraf. Aber die Diebin hatte es geschafft zu verschwinden und wurde leider nicht gefasst. Maria war zum Glück nur mit Schürfwunden an Händen und Beinen davongekommen, die aber von einem Arzt im Krankenhaus behandelt werden mussten. Viel tiefer als ihre Wunden saß jedoch der Schock, den sie bei dieser Aktion erlitten hatte.

Aber schon bald hatte Maria nach der letzten bösen Erfahrung wieder eine unliebsame Begegnung, ähnlich wie sie es bei einem Einkauf schon einmal erlebt hatte. Sie war wieder einmal in einem Supermarkt einkaufen und schob ihren Einkaufswagen vor sich her. Wie immer hatte sie ihre Handtasche automatisch im Einkaufswagen abgestellt. Plötzlich tanzten zwei herzige kleine Mädchen vor ihrer Nase herum, um ihre Aufmerksamkeit auf sich zu lenken, sodass die Mutter der Kinder sich an Marias Tasche zu schaffen machen konnte. Beim Zahlen an der Kasse hatte Maria keine Börse mehr. Aber nicht nur ihre Börse war verschwunden, auch ihr Schlüsselbund samt Ausweisen. Die Sachen hatte sie, um alles bequem bei der Hand zu haben, in einer kleinen Extratasche in ihrer Handtasche stets beisammen. Da ihr alles auf einmal gestohlen worden war, musste sie auch noch schnell mit einem Taxi nach Hause fahren, weil die Diebin die Schlüssel samt Adresse in ihrem Besitz hatte. Wegen dieser Extratasche hatte ich Maria noch einige Wochen zuvor gewarnt, weil ich bei einem Restaurantbesuch die kleine Extratasche gesehen hatte: „Du machst es den Dieben aber leicht, wenn du alles so schön beieinander hast." Aber ihre Antwort lautete wie immer: „Ich passe schon auf." Nun hatte sie die Bescherung. Als Erstes musste ein Schlosser ihre Eingangstür öffnen und ein neues Schloss einbauen. Dazu kamen die Scherereien mit den Papieren. All diese Unkosten hatte sie zusätzlich zu dem Verlust des Bargeldes zu zahlen, welches sich in der Börse befunden hatte. Dieser Diebstahl war teuer. Er kostete über 600,00 Euro.

Else und ich

Ich selber habe auch meine Erfahrungen gemacht. Einmal im Sommer begaben meine Freundin Else und ich uns an einem schönen warmen Sommerabend auf den Rathausplatz in Wien und wollten uns eine verfilmte Opernaufführung von Carmen anhören. Als wir auf dem Rathausplatz ankamen, war dort schon ein Massenauflauf an Menschen und ein Gedränge um uns herum, dass uns bewusst war, dass sich hier auch Diebe herumtreiben würden. Darum trugen wir unsere Taschen fest unter den Arm geklemmt und passten besonders gut auf unsere Börsen auf. Da die Vorstellung erst bei Eintritt der Dunkelheit beginnen konnte, weil der Film auf eine große Leinwand projiziert wurde, hatten wir noch Zeit. Um sie uns zu verkürzen, genossen wir noch ein Glas Wein an einem der vielen Stände.

Endlich war es dunkel geworden, und die Vorführung begann. Es war großartig, unter freiem Himmel an einem lauen Sommerabend der schönen Musik aus Carmen von der überdimensionalen Leinwand zu lauschen. Aber nach dem Kunstgenuss hatten wir es leider sehr eilig, um unseren letzten Anschluss mit der Schnellbahn am Südtiroler Platz nach Liesing zu erreichen, wo unser Auto geparkt war. Darum versuchten wir, bei dem Run der vielen drängelnden Menschen in Richtung Straßenbahn, die gerade in der Haltestelle stand, diese möglichst noch zu erreichen. Wenn wir auf die Nächste hätten warten müssen, hätten wir wahrscheinlich unseren Zug verpasst. Mit viel Glück schafften wir es gerade noch, uns in die Straßenbahn hineinzuzwängen, und standen dann wie die Ölsardinen zwischen den Massen. Am Karlsplatz stiegen wir in die U1 Richtung Südtiroler Platz um und erreichten unseren Zug in letzter Minute. Erleichtert nahmen wir Platz und atmeten erst einmal tief durch. Ein wenig verschwitzt von der Hektik wollte ich mir ein Taschentuch aus meiner Tasche nehmen, um mich abzutupfen, und war sehr überrascht, als ich durch meine Tasche auf den Boden des Zuges sehen konnte. Erstaunt betrachtete ich meine Tasche von allen Seiten und musste zu meinen Schrecken feststellen, dass die Tasche an der Rückseite von oben bis unten aufgeschlitzt war. Der Schnitt ging sogar so tief, dass auch mein Schminktascherl einen kleinen Schnitt abbekommen hatte. Ich war sprachlos und zeigte meiner Freundin mein Malheur. „Das ist sicher in der Drängelei auf dem Weg zur Straßenbahn passiert", meinte sie. Aber ich hatte nicht das Geringste mitbekommen und war froh, dass meine Börse im vorderen Teil der Tasche gelegen hatte, wo der Dieb sie nicht erreichen konnte. Trotzdem war mein Schaden beachtlich, weil ich die Tasche erst kurze Zeit besessen hatte und sie relativ neu war. Natürlich ärgerte ich mich, auch wenn sich dadurch nichts änderte.

Anna-Maria und ich

In Ungarn verfolgten mich gewisse Damen. Einmal, als ich von einem Ausflug mit meiner Tochter den Marktplatz in Györ überqueren wollte, kreuzte eine von diesen farbenfroh gekleideten Damen unseren Weg. Sie sah dem Frauentyp, mit dem ich schon in meinem Spanienurlaub meine erste teure Erfahrung gemacht hatte, sehr ähnlich. Aber Gott sei Dank ging sie in die entgegengesetzte Richtung. Meine Tochter und ich waren nämlich auf der Suche nach einem Caféhaus. Bis zur Abfahrt unseres Zuges hatten wir noch mehr als eine Stunde Zeit und wollten diese, da es gegen Abend schon recht kühl war, im Warmen verbringen. Gemächlich plaudernd gingen wir in eine Seitengasse, als ich plötzlich an meiner Tasche eine kaum wahrnehmbare Bewegung spürte. Erschrocken griff ich automatisch mit der linken Hand nach hinten und hatte plötzlich einen Arm in meiner Hand. Ruckartig drehte ich mich um und konnte kaum glauben, wen ich da vor mir hatte: Es war dieselbe Frau, die auf dem Marktplatz unseren Weg gekreuzt hatte. Ich hielt ihren Arm in meiner Hand und bat meine Tochter, in meine Tasche zu schauen, ob meine Börse noch vorhanden war. Die Frau zitterte am ganzen Körper, und mir schlotterten vor Aufregung die Knie. Als meine Tochter mir bestätigte, dass die Börse noch vorhanden war und auch sonst nichts fehlte, überlegte ich, ob ich die Frau laufen lassen oder mit ihr auf die Polizeiwache zwecks Anzeige gehen sollte. Aber da ich keinen Schaden erlitten hatte, entschloss ich mich, sie laufen zu lassen. Ein Verhör auf der Polizeiwache hätte mit Sicherheit einige Zeit gedauert, und wir hätten unseren Zug nach Hause versäumt, was wir auf keinen Fall wollten. Also ließen wir sie laufen.

Grete

Meine liebe Freundin Grete hatte da weniger Glück als ich mit den gewissen Damen. Eines Tages rief sie verzweifelt bei mir an und bat mich, so schnell wie möglich bei ihr vorbeizukommen, weil ihr etwas Schreckliches passiert sei. Sobald es mir möglich war, fuhr ich zu ihr, um nachzusehen, was passiert war. Als sie mir nach dem Klingeln die Tür öffnete, fiel sie mir weinend um den Hals und sagte: „Du kannst dir nicht vorstellen, wie es bei mir aussieht." Dann führte sie mich an der Hand in ihr Wohn- und Schlafzimmer, um mir die ganze Bescherung zu zeigen. Als ich zu Gesicht bekam, was geschehen war, verstand ich ihre Verzweiflung. Die Schubladen standen offen und waren ausgeleert, ihr Bett zerwühlt und viele Dinge lagen auf dem Boden. „Schau dir das an!", schrie sie verzweifelt. „Warum passiert mir so etwas? Mir, die doch immer sehr großzügig ist, wird so etwas angetan. Verstehst du das?" Dann erzählte Grete, wie es dazu gekommen war.

„Ich war vom Einkaufen auf dem Heimweg und hatte wie meistens mehr eingekauft, als ich tragen konnte. Eine junge Frau lief mir über den Weg und fragte mich ganz nett:‚Soll ich Ihnen tragen helfen?' Das Angebot kam mir wie vom Himmel geschickt vor. Ich überlegte nicht lange, weil ich froh war, dass mir bei meinen ewigen Rückenschmerzen beim Tragen geholfen werden sollte. Dankbar nahm ich ihr Angebot an. Ich hatte es zwar nicht mehr allzu weit nach Hause, war aber dankbar für jeden Meter, den ich von meiner Last befreit wurde. Die Frau war so nett und begleitete mich in den dritten Stock bis vor meine Wohnungstür, wo ich mich beim Abschied für ihre Hilfe herzlich bedankte und ihr 10 Euro geben wollte, die sie aber mit den Worten ablehnte:‚Das habe ich doch gern getan. Aber wenn Sie mir ein Glas Wasser geben würden, wäre ich dankbar.' Ich lud die Frau ein, auf einen Sprung zu mir in die Küche zu kommen, um ihr ein Glas Wasser zu reichen. Ich konnte doch nicht ahnen, dass sie nach mir die Eingangstür einen Spalt offen gelassen hatte, um ihre Komplizin hereinzulassen, die derweil meine ganze Wohnung durchwühlte, um mich auszurauben. Geld hatte ich Gott sei Dank nicht in der Wohnung, und zum Glück hat sie nicht meinen ganzen Schmuck gefunden, aber dafür die gesamten Golddukaten. Aber das Ärgste bei der ganzen Geschichte ist, dass mir so graust, dass jemand Fremder in meinen persönlichen Sachen herumgewühlt hat."

Vera

Die Weihnachtszeit ist Hochsaison für Diebe. Davon kann eine Angestellte meiner Freundin in einem Restaurantbetrieb ein Lied singen. Vera wartete schon mit Freuden auf ihr Weihnachtsgeld. Sie wollte ihren beiden Töchtern zu Weihnachten gerne einige Wünsche erfüllen. Darum hatte sie die Absicht, mit ihnen ins Outlet Center nach Pandorf zu fahren, damit sie sich dort für die Wintersaison neu einkleiden konnten. Dafür benötigten sie den Vater als Chauffeur. Gleich am besagten Tag, an dem Vera ihr Weihnachtsgeld ausgezahlt bekam, war ihr Gatte so lieb und holte sie mit den Töchtern von der Arbeit ab, um von dort direkt ins Einkaufscenter weiterzufahren. Aufgeregt und voller Vorfreude unterhielten sich die Mädchen während der Fahrt über die Auswahl an Kleidern, die sie treffen wollten. Für ihr Alter von 12 und 14 Jahren waren sie schon recht modebewusst und freuten sich darum sehr über das großzügige Angebot, welches die Mutter ihnen gemacht hatte.

Als sie endlich im Center angekommen waren, konnten sie kaum fassen, was sich dort abspielte. Ein fürchterliches Gedränge in jeder der namhaften Boutiquen. Es war nicht leicht für die Mädchen, zu all den Artikeln vorzudringen, die sie sich vorgestellt hatten. Selbst vor den Umkleidekabinen standen die Menschen Schlange. Die Familie benötigte nur eines: viel Geduld. Darum verschwendete Vera auch keinen Gedanken daran, für sich selbst auch nur irgendetwas kaufen zu wollen. Aber ihre Mädchen hatten es mit viel Ausdauer schließlich geschafft, sich ihre Garderobe zusammenzustellen, und waren glücklich und zufrieden. Nun hatten sie nur noch eine Hürde zu nehmen: die lange Schlange vor der Kasse. Als sie auch das endlich geschafft hatten, kam der große Schreck. Nervös kramte Vera in ihrer Handtasche. Sie fand und fand ihre Börse nicht. Aber es war leider traurige Wahrheit, dass ihr die Börse mit dem vielen Geld gestohlen worden war. An der Kasse zahlte der Vater mit der Scheckkarte, damit die Mädchen ihren Einkauf nicht stornieren mussten. So wie Vera das Geld bekommen hatte, hatte sie es innerhalb weniger Stunden wieder verloren. Traurig, aber leider wahr.

Eva

Fast ein Jahr war Eva von keinem Dieb mehr belästigt worden. Aber dann wurde sie abermals heimgesucht. Trotz ihrer vielen negativen Erfahrungen hatte sie sich keineswegs auch nur im Geringsten geändert. Sie war eine von den Unbelehrbaren, die den Dieben weiterhin in ihrer Börse alles schön geordnet zur Verfügung stellte: große Geldscheine, die Scheckkarte sowie den Führerschein.

An einem Sonntag im Sommer machten wir gemeinsam einen Ausflug nach Baden. Wir wollten dort im schönen Rosarium spazieren gehen und anschließend am Teich im Doblhoffpark zu Mittag essen. Bei schönem Wetter waren wir oft in Baden. An diesem Tag waren sehr viele Menschen unterwegs, und wir fanden natürlich keinen Platz mehr zum Essen am Wasser. Wir waren froh, dass wir überhaupt noch einen Platz zugewiesen bekamen, und mussten auch eine Ewigkeit auf unser Essen warten. Als wir dann zahlen wollten, kam die große Überraschung. Eva fand wieder einmal ihre Börse nicht. Sie war erneut gestohlen worden. Wir wussten gleich, dass es nur im Zug passiert sein konnte. Als wir in Mödling in den Zug gestiegen waren, war er bei dem schönen Wetter von Ausflüglern natürlich total überfüllt gewesen. Nur dort konnte ihr die Börse gestohlen worden sein.

Eva meinte: „Ich verstehe nicht, wie das passieren konnte. Ich habe meine Umhängetasche doch vor mir am Bauch getragen und trotzdem nichts bemerkt. Das darf doch nicht wahr sein!" Total verzweifelt machten wir uns auf den Weg zur Polizei, um den Fall zu melden. Da sich die Scheckkarte in der Börse befand, musste Eva auch ihr Konto sperren lassen. Als wir der Polizei den Vorfall berichteten, sagte man uns: „Sie sind nicht die Einzigen. Es haben schon drei weitere Personen – auch aus besagtem Zug – vor Ihnen Anzeige erstattet."

Helene

Helene, eine andere Freundin von mir, erzählte einen sonderbaren Vorfall von ihrer Nilkreuzfahrt. Die Reisegruppe machte unter anderem auch einen Besuch im Tal der Könige, um das Grab von Tutanchamun zu besichtigen. Vor dem Eingang des Grabes stand eine Schlange von Menschen, und es ging nur im Schritttempo voran, bis man zu dem schmalen Abstieg in die Unterwelt gelangte. Der Abstieg war so schmal, dass immer nur eine Person nacheinander langsam hinuntersteigen konnte. Auf der gegenüberliegenden Seite mit etwa einem Meter Abstand führte eine Stiege wieder hinauf. Helene war noch keine zehn Stufen abwärts gegangen, als sie eine Hand von der gegenüberliegenden Seite an ihrem Medaillon spürte, die kräftig an der Kette zerrte und es abzureißen versuchte. Sie war in einer schrecklichen Situation, weil Menschen von hinten nachdrängten. Ihre Angst, von den nachschiebenden niedergetreten zu werden, ließ sie laut aufschreien, sodass der Druck der Körper etwas nachließ. Der Dieb hatte sie fast mit der Hälfte ihres Körpers über den Mittelstreifen gezogen, aber die Kette war so stark, dass sie das Gefühl hatte stranguliert zu werden. Als der Dieb merkte, dass die Kette nicht riss, ließ er endlich los und sprang behend auf den Mittelstreifen, lief das kurze Stück nach oben und entkam. Die arme Helene musste in dieser Verfassung leider den ganzen Weg noch abwärts gehen, bis sie auf der anderen Seite wieder hinaufgehen konnte und von hilfreichen Menschen versorgt und getröstet wurde.

Birgit

Meine Freundin Birgit hatte ein ähnliches Erlebnis. Bei schönem Wetter setzte sie sich gerne mit einem Buch in einen in der Nähe ihrer Wohnung gelegenen Park, um zu lesen. Sie genoss die Ruhe und konnte sich hier so richtig in ihr Buch vertiefen. Aber an diesem einen Tag war alles anders. Wie immer saß sie auf ihrem liebgewonnenen Platz einer bestimmten Bank, um wie üblich zu lesen, als sie ein ungutes Gefühl beschlich, dass sie jemand von hinten würgen wollte. Sie sah nämlich aus einem Augenwinkel eine Männerhand an ihrem Gesicht vorbeifahren, die aber nicht nach ihrem Hals griff, sondern nach unten zu ihrer Handtasche fuhr, die sie auf dem Schoß liegen hatte. Sie wusste nicht, wie ihr geschah, weil alles so schnell ablief und sie nur noch den davonlaufenden Mann von hinten sah. Birgit wollte schreien, brachte aber keinen Ton heraus. Automatisch lief sie hinter dem Kerl her und sah im Laufen fast am Ende des Parks zwei jüngere Leute auf den Weg in den Park einbiegen. Sogleich schrie sie laut um Hilfe und zeigte mit ihrer Hand auf den laufenden Mann mit ihrer Tasche. Der junge Mann erfasste die Situation sofort und rannte hinter dem Dieb her, während die Frau übers Handy die Polizei rief.

Als der Dieb bemerkte, dass der junge Mann ihn fast eingeholt hatte, warf er die Handtasche fort und konnte außerhalb des Parks leider entkommen. Auch die Polizei, die relativ schnell zur Stelle war, konnte ihn nicht mehr auffinden. Meine arme Freundin hatte zwar ihre Tasche wieder, aber einen großen Schock erlitten. Die beiden jungen Leute waren noch so nett und brachten Birgit in ihrem Auto nach Hause.

Und was einem noch so alles passieren kann!

Rudi

Eines Abends, als mein Mann von der Arbeit nach Hause gekommen war, sagte er noch vor der Begrüßung zu mir: „Rate mal, wen ich heute getroffen habe?" Natürlich hatte ich keinen blassen Schimmer, wer das gewesen sein könnte. Also erwiderte ich: „Ich habe keine Ahnung, sag schon, wen du getroffen hast." „Rudi!"

Er und mein Gatte hatten gemeinsam die gleiche Berufsschule für Köche besucht und waren ebenfalls zusammen einige Jahre beruflich in Stockholm tätig.
In den letzten Jahren hatten wir uns aus den Augen verloren. Rudi war mit Helene verheiratet, hatte wie wir zwei Kinder – Sohn und Tochter. Rudi war mit seiner Familie, genauso wie wir, wieder nach Wien zu unser aller Ursprung zurückgekehrt.

„Stell dir vor, Rudi hat die Absicht, uns am kommenden Sonntag zu besuchen." Nach all den vergangenen Jahren hatten wir genügend Gesprächsstoff. Dementsprechend bereiteten wir uns auf diesen Besuch vor, mit Kuchen, Kaffee und einem guten Tropfen Wein.

Wie ausgemacht, war Rudi pünktlich bei uns und da Krampus war, gab es für mich als Dame des Hauses Blumen und ein Krampussäckchen mit Konfekt.

Beim gemütlichen Kaffeetrinken bei uns im Wohnzimmer und einem anschließendem Glas Wein erzählte Rudi uns seine Lebensgeschichten der letzten Jahre. Nach der Scheidung von seiner Frau Helene und der Trennung von seinen Kindern lebte er mit einer netten Lebensgefährtin zusammen. Trotzdem hatte Rudi die Trennung von Helene und den Kindern nie verkraftet.

Er wusste genau, dass er der Hauptschuldige war, und es fiel ihm schwer, darüber zu reden. Nach einigen Gläsern Wein überraschte er uns dann doch mit der ganzen Wahrheit.

Die Ehe fand nach einer Feier mit sehr feuchtfröhlichem Ausgang ihr Ende, als das Ehepaar nach Hause kam, Rudi volltrunken einen Streit vom Zaun brach und sie sich gegenseitig beschimpften, und Helene ihn einen Säufer nannte.
Hierauf rastete er aus und versetzte ihr einen Stoß, sodass sie auf dem Boden landete. Das war zu viel und das Letzte für Helene. Am nächsten Tag, als er mit einem Brummschädel erwachte, musste er mit Entsetzen feststellen, dass er alleine war und die Familie (Frau und Kinder) ihn verlassen hatte.

Erst am späten Abend erfuhr er bei einem Telefonanruf aus Stockholm, wo der Rest der Familie hin geflüchtet war. Helene teilte ihm kurz und bündig mit, dass sie sich von ihm scheiden ließe, und um nicht diskutieren zu müssen, legte sie schnell wieder auf.

Durch die gelockerte Zunge und unsere Rückfragen, was er denn die vielen Jahre seit seiner Scheidung noch so alles erlebt hatte, zeigte er uns eine große Narbe am Hinterkopf. Rudi meinte, dass es ein Wunder sei, dass er noch lebe! Anschließend erzählte er uns anschaulich, wie es dazu gekommen war: Während seiner vielen Jobs, die er in den Jahren ausgeübt hatte, war er u. a. als Koch auf einem Luxusliner angestellt, der für Millionäre mehrere Monate auf den Weltmeeren unterwegs war. Während einer solchen Weltreise wurde ein amerikanischer Hafen angelaufen. Rudi verpasste leider den Anschluss vom Hafen in die Stadt. Was ihm zum Verhängnis werden sollte. Zur Überbrückung der Zeit bis zum nächsten Anschluss besuchte Rudi eine Hafenkneipe, mit der Absicht sich nach einer Möglichkeit des Transports zu erkundigen. An einem Tisch saßen junge Leute, auf die er zuging, um sie nach einer Mitfahrmöglichkeit zu fragen. Das Angebot und die freundliche Einladung der jungen Leute, sich zu ihnen zu setzen und mit ihnen zu fahren, nahm

Rudi gern an. Er bestellte sich noch schnell einen Kaffee und übernahm beim Bezahlen auch die Rechnung der jungen Leute. Da er unvorsichtig war und außerdem die Sitten und Gebräuche vor Ort nicht kannte, klappte er seine Geldbörse angeberisch weit auf und ließ sein vieles Geld sehen.

Beim Einsteigen ins Auto ließen ihn die jungen Leute – mit Absicht – neben dem Fahrer sitzen. Auf halber Strecke und abschüssigem Gelände neben der Fahrbahn gingen für Rudi die Lichter aus. Irgendwann später wurde er am Fuße des Abhanges und ohne jede Ahnung/Erinnerung, warum/wieso er sich dort befand, wieder munter. Sein Kopf schmerzte und beim Abtasten des Kopfes mit der Hand fühlte er eine Wunde am Hinterkopf und frisches Blut an seiner Hand. Sein erster Kontrollgriff ging automatisch in seine Hosentasche, um festzustellen, ob seine Brieftasche noch vorhanden ist. Er stellte mit Entsetzen fest, dass sie fort war. Rudi hatte nun ein „Aha-Erlebnis". Die jungen Leute mussten ihn von hinten bewusstlos geschlagen, ausgeraubt und danach aus dem offenen Auto geworfen und den Abhang hinuntergestoßen haben.

Nach Mobilisierung seiner letzten Kräfte und erfolglosen wiederholten Versuchen, den Abhang hinaufzukommen war er schon der Verzweiflung nahe. Mit allerletzter Kraft gelang es ihm schließlich doch noch, den Abhang zur Straße hinaufzukrabbeln. Nach mehreren missglückten Versuchen, ein Auto anzuhalten, war er der Verzweiflung nahe und wollte schon versuchen, sich in Richtung Ortschaft zu schleppen. Aber zu seiner Freude hielt ein Lkw neben ihm an und eine freundliche Stimme fragte, ob er ihm durch Mitnehmen helfen könnte. Er konnte sein Glück kaum fassen, dass er plötzlich Hilfe bekommen sollte! Rudi hatte dem Lkw-Fahrer anschaulich geschildert, was ihm passiert war. Worauf der Fahrer das nächste Krankenhaus anfuhr, um ihn dort in die nötige ärztliche und weitere Versorgung zu geben.
Dankbar verabschiedete er sich vom Lkw-Fahrer, der ihm noch alles Gute wünschte.

Seine Kopfwunde wurde genäht und der Kopf mit einem Turban versehen, sodass Rudi aussah wie ein Beduine. Während seines Aufenthaltes im Krankenhaus wurden durch Kontaktaufnahme mit seinem Schiff die von ihm angegebenen Daten bestätigt. Nach zweitägiger Behandlung, versehen mit den nötigen Behandlungsanweisungen, wurde er zum Schiff gefahren und dem Schiffsarzt übergeben.
Das war seine absolut negativste Geschichte der letzten Jahre.

Mein Mann und ich waren wohl seine dankbarsten Zuhörer.

Bei anschließenden Gesprächen über unsere Kinder kam auch zur Sprache, dass unsere Tochter die Absicht hatte, in nächster Zeit zu heiraten. Rudi war total begeistert und da er immer in Nobelhäusern arbeitete, machte er uns das Angebot, die Hochzeit auszurichten. Worauf mein Mann sagte: „Rudi, nimm den Mund lieber nicht zu voll, es reicht mir, wenn du mir zu gegebener Zeit beim Kochen und Zubereiten der Hochzeitstafel hilfst."

Was mein Mann nicht wissen konnte, war, dass Rudi wegen seiner Trinkerei seinen Arbeitsplatz wieder einmal verloren hatte. Einige Monate nach diesem Besuch stand der Hochzeitstermin unserer Tochter fest.
Mein Mann erinnerte sich nun an Rudis Angebot, ihm beim Hochzeitsessen zu helfen und kontaktierte ihn.

Rudi kam nun ein zweites Mal zu Besuch, um mit meinem Mann die Details für das Hochzeitsessen zu besprechen. Nun besprachen die beiden Männer den Einkauf für ca. 80 geladene Gäste. So notierte mein Mann Rudis Einkaufswünsche für die einzelnen Zutaten der Gerichte des Hochzeitsessens. Vorgesehen war ein kaltes Buffet nach der Kirche, für die Jause am Nachmittag Torten und Kuchen und für den Abend warmes Essen.
Es sollte ein Drei-Gänge-Menü mit Dessert geben.

Rudi und mein Mann verabredeten sich einen Tag vor der Hochzeit um 16:00 Uhr zum Vorbereiten. Die Einkäufe waren zwei Stunden vorher durch meinen Mann in unserer Küche einsatzbereit. Er wartete nur noch auf seinen Freund Rudi, damit sie ab ca. 16:00 Uhr mit der Arbeit beginnen konnten. Es wurde 16:17 Uhr und es war kein Rudi in Sicht. Langsam wurde mein Mann nervös und ahnte Böses! Mein Mann rief Rudis Lebensgefährtin an, um nachzufragen, ob Rudi schon auf dem Weg zu uns war. Eine freundliche Stimme am Telefon sagte ihm, dass Rudi sich rechtzeitig auf den Weg zu uns gemacht habe und sie nicht hoffe, dass er unterwegs vielleicht irgendwo eingekehrt sei. Inzwischen hatten mein Mann und ich schon fleißig gearbeitet. Natürlich noch immer in der Hoffnung, dass sich Rudi nur ein wenig verspätete und doch noch käme. Aber ich sah meinem Mann an, dass er innerlich vor Wut kochte und dann sagte er zu mir, dass es dumm von ihm gewesen wäre, zu glauben, dass Rudi trotz seines Lasters zuverlässig sei.

Inzwischen war es 18:00 Uhr und es läutete, sodass mein Mann freudig zur Tür lief und Rudi öffnen wollte! Zu seiner großen Enttäuschung stand nur ein Telegrammbote mit einer Nachricht vor der Tür. Mein Mann las mir den Telegramminhalt gekürzt vor: „Rudi ist beim Überqueren der Straße gegen eine haltende Straßenbahn gelaufen, ist verletzt und musste ins Krankenhaus gebracht werden. Elfi"

Mein Mann ging sofort zum Telefon und rief wieder die Lebensgefährtin an. Er erkundigte sich nach Rudis Befinden. Die erstaunte Lebensgefährtin wusste nicht, wovon er sprach, sodass mein Mann ihr das Telegramm samt Unterschrift vorlas. Elfi war erschüttert über Rudis Unverschämtheit, ein Telegramm in ihrem Namen aufzugeben, von dem sie nichts wusste. Sie entschuldigte sich bei meinem Mann für diese Unannehmlichkeiten, die Rudi ihm und uns bereitet hatte.

Was nun?

Die Nerven meines Mannes lagen blank, wie man sich einen Tag/Abend vor der Hochzeit vorstellen kann. Guter Rat war teuer! Wir beschlossen, uns erst einmal zusammenzusetzen, um jetzt über unsere Möglichkeiten zu beraten. Uns fiel ein, dass die Schwester einer guten Freundin Köchin war, die uns evtl. aus der Patsche helfen könnte. Sofort, um keine Zeit zu verlieren, rief mein Mann bei Petra an. Er erklärte ihr in kurzen Worten unsere Situation. Liebenswürdigerweise war Petra direkt bereit einzuspringen und uns zu helfen.

Nach ihrem Spätdienst meldete sie sich bei uns zu Hause knapp vor 22:00 Uhr. Wir atmeten erleichtert auf, denn nun konnte mein Mann mit ihr das Hochzeitsessen weiter vorbereiten. Die beiden Köche arbeiteten bis spät in die Nacht.
Die Vorbereitungen waren fast abgeschlossen, sodass wir uns noch ein paar Stunden Schlaf gönnen konnten. Petra schlief bei uns auf dem Sofa.
Am Hochzeitsmorgen bei einem starken Frühstückskaffee meinte mein Mann, dass er nicht mit in die Kirche gehen, sondern mit Petra das Buffet herrichten würde. Petra protestierte und sagte zu meinem Mann: „Du bist der Brautvater und gehst mit in die Kirche! Den Rest schaffe ich schon alleine."

So geschah es und alles lief nach Plan. Alle waren zufrieden, alles hatte geklappt, auch ohne Rudi!

Wegen des Alkohols war eine lange, alte Freundschaft zerbrochen.

Ich hatte noch etwas Zeit!

Eines Tages hatte ich in meiner Post einen Brief. Beim Öffnen fand ich eine Einladung zu einer runden Geburtstagsfeier. Ich war neugierig, von wem die Einladung stammte. Unterschrieben war sie mit Gertrude, einer früheren Arbeitskollegin! Meine Gedanken schwirrten herum: Fahre ich hin und was ziehe ich an?! Beim Nachdenken fiel mir ein, dass ich mir ein neues khakifarbenes Kostüm gekauft hatte und zu dieser Gelegenheit einweihen konnte, mir aber noch die passenden Schuhe fehlten.

Schon am kommenden Tag nahm ich mir die Zeit und fuhr extra nach Wien, um mir die passenden Schuhe zum Kostüm zu kaufen. Im dritten oder vierten Geschäft und entsprechend vielen Anproben hatte ich immer noch nicht die farblich passenden Schuhe gefunden. Aber im nächsten Schuhgeschäft war eine besonders aufmerksame Schuhverkäuferin, die eine Vorstellung davon hatte, was ich mir wünschte. Sie zeigte mir ein paar ausgefallene sandfarbene Raulederstiefel, die ein absoluter Hingucker waren. Genau das, was ich mir vorgestellt hatte. Ich war zufrieden, die Stiefel wurden gekauft und ich fuhr glücklich heim.

Jetzt benötigte ich nur noch ein passendes Geschenk und einen Termin beim Friseur. Ich zermarterte mir den Kopf, was ich Gertrude schenken sollte. Es sollte ja auch Freude bereiten und nicht gedankenlos sein. Zum Glück fiel mir ein, dass Gertrude ein Opernfan war. Also kaufte ich ihr einen Gutschein für einen Opernbesuch plus Abendessen. Ich wusste, dass ich ihr mit diesem Geschenk eine Freude bereiten würde.

Jetzt konnte der Tag kommen. Meine Vorbereitungen hatte ich getroffen.

Am besagten Tag ging ich vormittags zum Friseur, um mir eine schöne Frisur machen zu lassen. Anschließend holte ich den bestellten Blumenstrauß im Blumengeschäft ab.

Danach konnte ich mich in aller Ruhe umziehen und für die Geburtstagsfeier um 18:00 Uhr schön machen. Gleichzeitig, damit ich etwas Alkoholisches trinken konnte, entschloss ich mich, mit dem Bus zu fahren.

Als ich mit allem fix und fertig war, schaute ich auf meine Uhr und sah, dass ich noch etwas Zeit hatte. Um die Zeit sinnvoll zu verbringen, machte ich meinen obligatorischen Rundgang durchs Haus, um zu kontrollieren, ob alles in Ordnung war. Zum Schluss warf ich noch einen Blick in die Küche und sah die inzwischen ausgekühlte Bratpfanne von Mittag noch auf dem Herd stehen. In meinem Ordnungsfimmel wollte ich sie noch schnell wegräumen. Gedacht, getan! Jetzt war die Pfanne am Platz, aber oh Schreck, was war nun passiert? Wie kam ein Ölfleck auf meinen neuen, schönen Stiefel? Mir blieb die Luft weg. Ich konnte es nicht fassen!

Jetzt fehlte mir die Zeit vom Rundgang, die ich zum Putzen für die Fleckentfernung benötigte und musste deshalb einen späteren Bus nehmen. Aber leider war mir dieser Vorfall keine Lehre. In weiterer Folge passierte mir dieser Fehler noch öfter.

Schon bald darauf sollte mir etwas Ähnliches passieren. Ich hatte mal wieder etwas Zeit.

Meine Nichte hatte mir ihre Orchideen während ihres Urlaubs in Pflege gegeben. Natürlich bemühte ich mich um diese Blumen ganz besonders. Orchideen sind sehr dankbare und anspruchslose Blumen, die wenig Wasser benötigen und keine direkte Sonne mögen. Zu meiner großen Freude hatte eine Orchidee nach einigen Tagen zu blühen begonnen. Ich freute mich sehr und wollte meine Nichte mit der neuen Blüte überraschen.

Es ergab sich eine ähnliche Situation, ich hatte mal wieder etwas Zeit!

Mir fiel ein, dass die Blüte schon groß und schwer war, sodass der Stiel über den Blumentopfrand hing. Sie tat mir leid und ich wollte ihr eine Stütze geben. Dafür benötigte ich einen Stab, eine Schnur und eine Schere. Derart ausgerüstet lief ich die Stiegen hinauf zum Blumenfenster, um der Blüte einen Halt zu geben. Ich tat mein Bestes, aber es misslang! Beim Aufrichten des Stiels hatte ich plötzlich die Blüte in der Hand. Oh Schreck, was war jetzt geschehen? Wie sollte ich das meiner Nichte erklären? Ich war traurig, dass meine Überraschung wegen meines Fimmels, jede Minute zu nutzen, misslungen war.

Erben

Tante Paula war jetzt in einem Alter – über 80 und kränklich –, in dem sie ihr Erbe in der Verwandtschaft gerecht aufteilen wollte. Ihre Ehe war kinderlos. Aber sie hatte Geschwister, eine Schwester namens Tamara mit zwei Töchtern, Susanne und Elke, sowie einen Bruder namens Werner mit einem Sohn, der Felix hieß. Diese lieben Verwandten wollte sie beglücken.

Tante Paula war inzwischen Witwe. Sie und ihr Mann hatten beide während ihres Arbeitslebens gut verdient, sie haben – da kinderlos – die gemeinsamen Jahre hauptsächlich mit Reisen verbracht. Weil sie wegen der Reisen viel unterwegs waren, schafften sie sich nur eine kleine Eigentumswohnung an.
Nach dem Tod ihres Mannes vor zehn Jahren ließ ihre Reiselust nach und der Kontakt zu ihren Geschwistern und deren Familien wurde wieder enger.

An Geburtstagen und sonstigen Feiertagen war Tante Paula ein gern gesehener Gast. In den Jahren, in denen sie nicht mehr reisen konnte, hatte sie sich mit den zwei Pensionen einiges an Kapital angespart, sodass bei den Besuchen die Geschenke an die Familien großzügig ausfielen.
In letzter Zeit war Tante Paula sichtlich gebrechlich geworden und benötigte deshalb eine Haushaltshilfe. Sie hieß Emma. Und einmal die Woche kam noch eine Putzfrau fürs Grobe. Zu diesen beiden Personen hatte Tante Paula ein gutes Verhältnis.
Eine von ihnen, nämlich ihre Emma, war der Meinung, dass sie sich nicht zu sehr von den Kindern der Geschwister ausnutzen lassen sollte.
Diese kamen in letzter Zeit, seit sie gebrechlich war, überraschend öfter als früher zu Besuch und baten sie immer wieder

um Geld. Tante Paula erfüllte großzügig deren Geldwünsche, um den jungen Leuten eine Freude zu machen.
Langsam, aber sicher wurden die Geldbitten in der Höhe aber immer unverschämter.

Daraufhin überlegte Tante Paula, wie sie ihren Besitz am besten gerecht an alle Familienmitglieder aufteilen sollte. Natürlich musste sie dabei auch an sich selber denken, um nicht in finanzielle Schwierigkeiten zu geraten, denn sie wollte solange wie möglich in der gewohnten Umgebung ihrer Wohnung bleiben. Was natürlich mit größeren Kosten durch eventuelle Mehrausgaben für Arztbesuche, ärztliche Hausbesuche, Medikamente etc. verbunden wäre. Eine Übersiedlung in ein Altersheim kam für sie nicht infrage.
Aber wer von den Geschwisterkindern, die auch nicht mehr die Jüngsten waren, würde diese Aufgabe übernehmen? Wem konnte man es zumuten, sich um die alte Tante zu kümmern? Hier und da kam ihr sogar der Gedanke, ob es nicht eine Großnichte oder Großneffe übernehmen könnte und damit Haupterbe werden würde.

Tante Paula wollte nicht allein ihren Gefühlen vertrauen und deshalb einen Familienrat einberufen, um sich ein Bild zu machen, wie die Familie auf den Vorschlag reagieren würde. Erst danach wollte sie sich entscheiden, wer von der Familie dafür infrage kommen könnte.

Also lud sie die Familie an einem Sonntag zu einem Essen zu sich nach Hause ein. Gleichzeitig bat sie ihre Haushaltshilfe Emma, auch zu kommen, ihr beim Servieren behilflich und andererseits als stille Beobachterin anwesend zu sein und ihr zur Seite zu stehen. Tante Paula legte großen Wert auf die Meinung ihrer loyalen lieben Emma. Sie wusste nämlich, dass diese instinktiv ein gutes Gefühl hatte und ebenso über gute Menschenkenntnisse verfügte.

Für den besagten Sonntag organisierte sie mithilfe von Emma das Essen eines bekannten Gasthauses, um sich das Kochen daheim zu ersparen.

Alle erschienen pünktlich. Da es ein reines Familientreffen sein sollte, waren die jeweiligen Partner nicht eingeladen.

Nach dem gelungenen guten Essen war die Stimmung gespannt, jeder jetzt neugierig, was Tante Paula ihnen mitteilen wollte. Die immer noch in der Wohnung anwesende Emma hatte sich für ihren stillen Beobachtungsposten – bei spaltoffener Türe – ins Nebenzimmer zurückgezogen.
Tante Paula erläuterte der Verwandtschaft ihre Vorstellungen für die Zukunft und bat dazu jeden um seine Meinung. Da natürlich jeder, auch Geschwister sowie deren Nachkommen, gerne erben würden, aber keiner als gierig erscheinen wollte, kamen ihre Aussagen recht zögerlich und vorsichtig.
Tante Paula merkte, dass so kein Weiterkommen war, und erläuterte ihnen ihre Vorstellungen im Detail. Die Geschwister, die für die Pflege zu alt waren, wollte sie mit Schmuck und einigen Golddukaten beschenken und den jüngeren Generationen mit finanziellen Mitteln unter die Arme greifen. Der Haupterbe sollte derjenige sein, der ihre Pflege übernehmen würde.

Jetzt wollte jeder Anwesende die Pflege übernehmen. Was nicht leicht möglich war, da ihre Familien sehr weit entfernt von ihr wohnten. Als Einziger in ihrer Nähe wohnte der Großneffe Gerd.

Tante Paula schlug vor, einen Familienrat ohne sie einzuberufen, um untereinander ihre Vorstellungen zu besprechen. Halbwegs zufrieden verabschiedete sich die Familie von Tante Paula, die sich in näherer Zeit über das Ergebnis des Familienrats informieren wollte.

Im Anschluss an das Familientreffen setzten sich Tante Paula und Emma zu einem Gespräch über deren Meinung zusammen.

Emma war der Meinung, dass das Treffen nichts gebracht hatte. Sie fand keinen von den dagewesenen Familienmitgliedern für diese Aufgabe geeignet. Die Geschwister waren jedenfalls zu alt und die Nichten und der Neffe, die zum Teil noch im Arbeitsverhältnis standen oder zu weit entfernt wohnten, kamen ebenfalls nicht infrage. Da Emma auch keinen Rat wusste, blieb alles beim Alten. Tante Paula hoffte insgeheim auf ein positives Familienratsergebnis.

Aber das Schicksal nahm seinen Lauf!
Während der Familienrat sich noch Gedanken machte, hatte der Großneffe Gerd, der ebenfalls in Wien wohnte, einen Entschluss gefasst. Tante Paula besaß ihre Eigentumswohnung in Alterlaa und Gerd wohnte in Meidling. Als ewiger Student mit Anfang 20 und ständigen Geldproblemen kam ihm die Situation gerade recht. Seine Wohnung wurde noch von den Eltern bezahlt. Gelegenheitsarbeiten und Nachhilfestunden hielten Gerd über Wasser. Endlich ergab sich für ihn eine Möglichkeit, an Geld zu kommen. Da er einen Führerschein hatte, sich aber noch kein Auto leisten konnte, sah er eine Chance, die Tante als Mittel zum Zweck öfters mit der U-Bahn zu besuchen.

Für den ersten Besuch an einem Sonntagnachmittag meldete er sich an und besorgte Blumen, um der Großtante eine Freude zu bereiten. Tante Paula war schon einigermaßen überrascht, dass Gerd seine alte Tante besuchen wollte. Natürlich wunderte sie sich, warum ein junger Mann so plötzlich zu ihr zu Besuch kommen wollte. Was führte er im Schilde!? Wollte er Geld und wofür oder was wollte er sonst? Sie hatte nun die Absicht, ihn beim Gespräch zu beobachten, damit sie eventuell herausfand, was Gerd wirklich beabsichtigte.

Tante Paula bereitete für den besagten Besuch einen Imbiss vor, um hierbei ungezwungen plaudern zu können. Gerd war überpünktlich und ein charmanter junger Mann, den sie seit Kindertagen nicht mehr gesehen hatte. Über die Blumen, die er ihr direkt bei der Begrüßung überreichte, freute sie sich sehr. Sie bat ihn ins Wohnzimmer, wo sie beide am gedeckten Tisch Platz nahmen. Nach dem Essen sprachen Tante Paula und Gerd zuerst über belanglose Dinge. Beide versuchten, mehr über das bisherige Leben des anderen zu erfahren. Gerd war sehr schlau und sagte natürlich nicht die volle Wahrheit, damit seine Tante nicht den wahren Hintergrund seines Besuches erfuhr. Tante Paula war von seinen guten Manieren beeindruckt und es gefiel ihr, von einem jungen Mann hofiert zu werden. Der zudem auch von seinen beruflichen Plänen erzählte und vor Kurzem seinen Führerschein gemacht hatte. Auch gefiel ihr die Aussage, dass er zurzeit fleißig für ein Auto sparte. Natürlich versprach Gerd ihr, sobald er ein Auto habe, würde er mit ihr kleinere Ausflüge in der Wiener Umgebung machen.

Tante Paula hatte nach diesem Angebot im Hinterkopf, dass sie ihn zum schnelleren Erwerb eines Autos finanziell unterstützen könnte, damit sie sich selber schneller das Vergnügen eines Ausfluges mit Gerd gönnen konnte.

Um nicht aufdringlich zu erscheinen, verabschiedete sich Gerd schon nach zwei Stunden und hoffte natürlich auf eine neue Einladung der Tante.

Bei der Verabschiedung sagte Tante Paula dann auch prompt: „Wenn es dir nicht zu unangenehm ist, mit deiner alten Tante zu plaudern, würde es mich freuen, wenn du Zeit übrig hast, mich wieder zu besuchen."
Was Gerd gerne versprach.

Nun nahm Tante Paula sich die Zeit für ein Plauderstündchen mit ihrer Emma, um zu erfahren, welchen Eindruck Gerd bei ihr hinterlassen hatte. Sie fand, dass er ein netter junger Mann war. Die Tante fand sich bestätigt und erzählte ihr von ihrer Absicht, ihn beim Kauf eines Autos finanziell zu unterstützen. Emma empfahl, nichts zu überstürzen und lieber noch einige Zeit abzuwarten, wie sich das Verhältnis zwischen ihr und Gerd entwickeln würde.

Die Tante gab ihr zwar recht, aber wider besseren Wissens und in kürzerer Zeit schnitt sie beim nächsten Besuch das Thema Auto von sich aus an.

Natürlich war Gerd hocherfreut und er schwärmte ihr von verschiedenen Autotypen vor, wovon Tante Paula nichts verstand und was ihr auch völlig egal war. Sie dachte nur an baldige Ausflüge mit Gerd. So ergab sich automatisch das Gespräch über die Finanzen. Damit sie sich ein Bild über die benötigten finanziellen Mittel machen konnte, bat sie ihn um Unterlagen. Wozu Gerd freudig bereit war. Alles lief für ihn nach Plan. Schon beim nächsten Besuch hatte er Kataloge und Unterlagen dabei, die er seiner Tante zeigte.

Um seiner Tante zu gefallen, zeigte Gerd ihr drei nicht zu teure Mittelklassewagen. Tante Paula dachte nun doch an ihr Geld und fragte, ob es nicht auch billigere oder gebrauchte Autos in guter Qualität geben würde. „Das ist kein Problem, ich werde mich schlaumachen wegen eines günstigeren Autos." Er bat seine Tante um ihre Preisvorstellung. Sie nannte 10.000 Euro und fragte ihn, was er dafür bekommen würde. Gerd meinte, dass er für diese Summe einen guten gebrauchten Wagen kaufen könnte. Tante Paula erklärte sich einverstanden und freute sich schon auf den ersten gemeinsamen Ausflug.

Gerd hatte es natürlich eilig, um mit seiner Tante und dem erworbenen Auto den ersten Ausflug zu machen, damit Tante Paula Gefallen an weiteren Ausflügen finden würde, um sie dadurch in eine gewisse Abhängigkeit zu ihm zu bringen.

Bei schönstem Sonnenschein holte er sie an einem Sonntag zum ersten größeren Ausflug rund um Wien und Umgebung von zu Hause ab. Gerd zeigte ihr seine Freude und Dankbarkeit für das geschenkte Auto, fuhr auf den Kahlenberg und lud sie in ein Café mit Ausblick über Wien ein. Tante Paula war von so viel Aufmerksamkeit sehr gerührt und genoss diesen schönen Augenblick.

Diese wunderschönen Ausflüge setzten sie regelmäßig fort, bis Tante Paula eines Tages erkrankte und deswegen daheim bleiben musste.
Jetzt zeigte sich, was für ein liebenswerter junger Mann Gerd war. Nach seiner Arbeit besuchte er sie noch hier und da, um ihr eine Freude zu machen.
Er erledigte auch kleine Gefälligkeiten, wie größere Einkäufe sowie auch ihre Bankgeschäfte.

Emma hatte Tante Paula davor gewarnt, dem jungen Mann ihre Bankgeschäfte mit einer Vollmacht anzuvertrauen. Man hatte ja schließlich einiges in Bekanntenkreisen sowie im Fernsehen gehört und gesehen. Deshalb, so Emma, sei Vorsicht geboten und sich nicht so voreilig einem jungen Mann auszuliefern. Woraufhin Tante Paula meinte, sie hätte vollstes Vertrauen in Gerd und auch die Absicht, wenn er sich weiterhin wie bisher um sie kümmerte und sie solange wie möglich in ihrer Wohnung bleiben könnte, ihn als Alleinerben einzusetzen.

Emma war entsetzt! Sie versuchte noch einmal, Tante Paula von diesem Plan abzubringen, zumindest sollte sie die Klausel des Alleinerbens vor ihrem Ableben rückgängig machen. Es war umsonst und die befürchtete Konsequenz dieses Handelns sollte sich auch schon bald bewahrheiten.

Eines Tages in der Früh, als ihr auf dem Weg ins Bad schwindlig wurde, erlitt Tante Paula durch einen Sturz einen Oberschenkelhalsbruch. Nun musste sie ins Krankenhaus. Rührend begleitete Gerd sie dorthin und danach sah sie ihn nie wieder. Da sie ihm alles überschrieben hatte, brauchte er sie nicht mehr.

Als Folge musste Tante Paula doch in ein Pflegeheim, weil ihr nichts mehr gehörte. Sie verstand die Welt nicht mehr.

Noch ein Erbe

Mein Mann war der Lieblingsneffe seiner Tante Josefine, genannt Fini. Tante Fini war mit dem Bruder seiner Mutter verheiratet. Da die Ehe kinderlos war, ergab es sich, dass mein Mann – der kleine Wolfi – (Wolfgang) der Lieblingsneffe der beiden war. Tante und Onkel holten ihn jeden Sonntag zum Spaziergang im Lainzer Tiergarten ab und verwöhnten ihn mit einer Limonade, einer Mehlspeise sowie Süßigkeiten zum Mitnehmen.

Leider hielt dieses Vergnügen nicht allzu lange an, bedingt durch den kommenden Krieg. Onkel Hans wurde als einer der Ersten eingezogen und fiel leider schon in den ersten Kriegswochen. Tante Fini war nun eine junge unglückliche Kriegerwitwe. Aber ihre Liebe zu Klein Wolfi blieb bestehen, sodass sie sich weiterhin regelmäßig sahen.

Einige Jahre lebten Tante und Neffe voneinander getrennt in unterschiedlichen Ländern. Mein Mann war wie ich wegen Arbeitsmangels in der Nachkriegszeit für einige Jahre ins Ausland, sprich nach Schweden/Stockholm ausgewandert.

1962 kehrten wir mit unserer fünfjährigen Tochter Anna-Maria heim nach Wien.

Mein Mann, der von Beruf Koch war, hatte eine Grillstation in Niederösterreich übernommen, die wir selbstständig führten.

Er nahm jetzt wieder persönlichen Kontakt zu seiner lieben Tante Fini auf und lud sie ins Lokal ein. Tante Fini freute sich sehr über diese Einladung, weil sie nun unsere Tochter und mich als den Rest der Familie meines Mannes kennenlernen konnte. An einem Sonntag kam Tante Fini mit dem restlichen Familienclan, sprich meine Schwiegermutter, Schwager und Schwägerin zu Besuch. Die Begrüßung von Tante Fini war rührend – mit Tränen in den Augen – und sehr herzlich, sodass sie in weiterer Folge wieder Familienanschluss hatte und zu allen Feiertagen und Geburtstagen ein gern gesehener Gast war.

Tante Fini, die ja Kriegerwitwe war und nur eine kleine Pension erhielt, besserte ihren Unterhalt als Küchenhilfe in Gaststätten auf. Hier konnte sie ihre finanzielle Situation verbessern und bekam gleichzeitig Essen. Auf diese Weise hatte sie ihr Auskommen und war ein zufriedener Mensch, bis zu dem Tag, an dem sich für Tante Fini etwas ändern sollte.

Eines schönen Tages rief sie meinen Mann an und bat ihn um einen Besuch, weil sie mit ihm etwas Wichtiges besprechen wollte.

Nach seiner Rückkehr erzählte er mir eine kuriose Geschichte! Sein erster Satz war: Stell dir vor, Tante Fini ist plötzlich reich! Ich war baff, wieso? Tante Finis alte Tante war verstorben und sie, ihre Nichte, Erbin.

Beim Räumen/Entrümpeln der kleinen Wohnung, wo auch der Bodenbelag entfernt werden musste, fand Tante Fini, die „Gott sei Dank" anwesend war, zwei Sparbücher. Diese Bücher zeigte sie meinem Mann, der über die hohen Summen sehr erstaunt war. Ich auch!

In weiterer Folge verstarb eine zweite ältere Tante von Tante Fini, die ebenfalls ihre Nichte als Erbin eingesetzt hatte. Es wiederholte sich bei der Entrümpelung fast der gleiche Vorgang, nur dass das Sparbuch im Backrohr des Gasherds, das nicht benutzt wurde, versteckt war.

Auf diese Weise war Tante Fini eine wohlhabende reiche Tante geworden. Sie benahm sich auch so! Sie lud uns zu sich ein und erzählte von ihrem großen Glück, das sie kaum fassen konnte. Am liebsten wollte sie uns in ihrer Glückseligkeit mit einem Haus oder einer schönen Eigentumswohnung beglücken. Tante Fini hatte sich nun zu einer echten Erbtante entwickelt. Mein Mann und ich waren sprachlos, die Überraschung war gelungen.

Sie selbst gönnte sich nun endlich ihre „Schätze" – wie sie sie nannte –, wie z. B. das in den 1960er-Jahren groß in Mode gekommene berühmte Bleikristall oder auch Schmuck. Sie liebte Schmuck und zeigte ihn uns auch voller Stolz.

Aber wir waren nicht die Einzigen, denen sie von ihrem Glück erzählt hatte. Durch ihre Gutgläubigkeit ließ sie sich zu leicht von Leuten, die nicht immer ganz ehrlich waren, zu übertriebenen, unnötigen Käufen verleiten. Denn in weiterer Folge verschenkte Tante Fini ihre „Schätze". Ich bekam z. B. zu Weihnachten ein sehr schönes Armband, worüber ich mich natürlich sehr freute.

Da Tante Fini alleine war, war sie zu den Feiertagen stets bei uns eingeladen, was ihr sehr guttat.
Bei einer dieser Feiern kam das Gespräch wieder auf den Hauskauf, womit das große Problem erst richtig begann, weil wir selbstständig waren.

Tante Fini wollte nämlich auf keinen Fall als Geldgeberin erscheinen, da sie keine Erbschaftssteuer gezahlt und panische Angst vor dem Finanzamt hatte. Meinem Mann ging es nicht besser, weil er als Selbstständiger bei einem Hauskauf nachweisen musste, woher er das Geld hatte. Darum wollte er, dass seine Tante ihm das Geld borgte und er es ihr in Raten zurückzahlte. Tante Fini lehnte dies aber auch aus Angst vor dem Finanzamt kategorisch ab.

Vergebens suchten wir nach einer Möglichkeit oder Lösung, wie wir das Geld offiziell unterbringen konnten, denn so ein Angebot bekam man nicht alle Tage. Es wäre schade, wenn man es nicht nutzen würde.

Seltsamerweise kam Tante Fini in letzter Zeit seltener als sonst zu Besuch. Wir wunderten uns zwar, konnten den Grund aber nicht erkennen.

Sie ging aber trotz ihres Reichtums hier und da immer noch als Aushilfe in ihre früheren Gasthäuser, wenn Bedarf war. Sie konnte nicht Nein sagen, außerdem fiel ihr manchmal die Decke auf den Kopf.

An einem Sonntag, als Tante Fini wieder einmal bei uns zu Besuch war, kam sie uns sehr verändert vor. Sie machte auf uns einen kränklichen Eindruck, der uns durch einen langen Mittagsschlaf auffiel. Mein Mann brachte sie auch früher als sonst nach Hause.

Zwei bis drei Tage später erhielten wir die Nachricht, dass Tante Fini bei einem Einkauf in einer Fleischerei, in der sie eine ihrer eher seltenen Lieblingsspeisen, Bruckfleisch (eine Art Gulasch), einkaufen wollte mitten im Geschäft umgefallen und auf der Stelle tot war. Wir waren erschüttert.

Laut Testament war mein Mann der Erbe von Tante Fini, aber es gab nichts mehr zu erben. Wo war ihr Geld? Wir waren sehr verwundert, nachdem er in der Wohnung von Tante Fini wegen der Sparbücher geschaut und keine gefunden hatte. Er erzählte mir auch, dass er sehr überrascht war, dass sich in ihren Schmuckschachteln statt Schmuck seltsamerweise nur noch Pfandscheine vom Dorotheum befanden.

Wir rätselten, warum die Tante ihren heiß geliebten Schmuck versetzt hatte, und konnten uns keinen Reim darauf machen!

Aber nach längerem Herumrätseln fiel uns ein, dass Tante Fini uns in letzter Zeit viel von den Familien der beiden Gasthäuser erzählt hatte, bei denen sie noch hier und da ausgeholfen hatte, und, dass sich eine der beiden Familien in finanzieller Not befand. Hatte sie etwa über ihr Erbe geplaudert und schlaue Zuhörer waren hellhörig geworden! Möglich, dass Tante Fini sich mit einer Mitleidsgeschichte ausnutzen ließ, sodass sie ihr Geld verborgt und sogar ihren heiß geliebten Schmuck versetzt hatte. Wir waren uns darüber im Klaren, dass unser Erbe futsch war, sollte alles so abgelaufen sein.

Im Gegenteil, auf uns kam jetzt neben der Beerdigung auch noch die anschließende Räumung der Wohnung zu. Die Kosten der Beerdigung wurden durch eine Sterbeversicherung, die Tante Fini abgeschlossen hatte, gedeckt.

Das einzige Bargelderbe war die Auszahlung eines Sparvereins, der die Unkosten der Wohnungsräumung kaum deckte.

Außer Spesen nichts gewesen! Auch so kann ein Erbe aussehen!

Der Pulli, der ein Leben rettete!

Meine Mama hatte von meinem Vater, der 1944 auf Fronturlaub war, gehört, dass die Nächte in Südfrankreich recht kalt waren. Mein Papa, Brillenträger, war kein direkter Frontsoldat, sondern versah seinen Dienst als Aufseher außerhalb des Gefangenenlagers im Freien in der Gegend von Bordeaux – auch nachts.

Meine Mutter, eine fürsorgliche Frau, strickte aus einem ungeliebten, daher aufgetrennten Pullover für die kalten Nächte einen ärmellosen Pullunder zum Unterziehen. Außerdem bekam Papa stets seinen geliebten Sandkuchen und zur Auflockerung der Gemüter seiner Kameraden das Schifferklavier mit auf den Weg.

Sandkuchen und Musik vom Schifferklavier erfreuten das Herz seiner Kameraden und weckten Heimatgefühle.

Der Pullunder tat seinen wärmenden Dienst unter dem Uniformrock.

In dem Gefangenenlager waren hauptsächlich Marokkaner und Schwarze inhaftiert, die tagsüber für Waldarbeiten oder sonstige Außenaufgaben unter Aufsicht eingesetzt wurden.

Das Verhältnis zwischen Aufsicht und Gefangenen war stets gut, solange kein Fluchtversuch unternommen wurde.
Unter ihnen gab es einige sangesfreudige Männer, sodass oft eine lustige Stimmung bei der Arbeit herrschte.

Bei einem nächtlichen Rundgang mit Kameraden um das Lager, rauchend und plaudernd, hörten und sahen sie einen der

Insassen in der Nähe des Zauns stehen, der vor Kälte zitterte und mit den Zähnen klapperte.

Mein Papa, der Mitleid mit dem armen schwarzen Kerl hatte, fragte, was denn mit ihm los sei. Auf die Antwort, dass ihm nur kalt sei und er deswegen zittere und mit den Zähnen klappere, zog mein Papa seinen Pullunder aus und warf ihn über den Drahtzaun. Der Empfänger nahm ihn dankbar an. Das Geschenk von zu Hause wärmte ab jetzt einen fremden Mann.

Da die Invasion der Alliierten (Operation Neptune) bereits im Gange war und jedermann gebraucht wurde, hatte man auch meinen Vater abgezogen und an die Front geschickt. Wann und wo genau er in französische Gefangenschaft geriet, entzieht sich meiner Kenntnis.
Ich weiß noch, dass er erzählt hat, dass die Kriegsgefangenen (Deutsche wie Franzosen) in unzumutbaren Baracken aus Holz untergebracht waren. Außerdem wurden alle als Erstes auf persönliche Wertgegenstände (Schmuck, Uhren, Bargeld sowie Rangabzeichen) untersucht. Auch das Schifferklavier meines Vaters war von Interesse und wurde ihm abgenommen.

In den Baracken war es tagsüber heiß und des Nachts eisig kalt. Die Fenster waren so ausgerichtet, dass die Gefangenen mit ansehen konnten oder hören mussten, wie bereits verurteilte Kameraden im Hof durch Erschießen hingerichtet wurden.

Die Verpflegung der Insassen war mehr als dürftig. Meistens gab es nur eine dünne Wassersuppe mit ein paar Kohlblättchen drinnen. Dementsprechend sahen die Gefangenen aus. Mein Papa, der 1,80 m groß war, wog nur noch knapp über 50 kg.

Die grauenhaften Verhältnisse während der ersten zwei Jahre im Gefängnis waren aber nicht nur von Hunger geprägt, sondern auch von Ungeziefer (Wanzen, Läuse). Es grassierte der Spruch: Wir haben nicht die Wanzen, sondern die Wanzen haben uns.

Zusätzlich fanden nächtliche Misshandlungen der Gefangenen durch die beauftragten Fremdenlegionäre statt. Mein Papa musste immer schnell reagieren und seine Brille in Sicherheit bringen.

Durch diese unerträglichen Zustände kollabierten viele Gefangene, und im schlimmsten Fall starben sie auch. Mein Papa hatte das Glück wegen eines Zusammenbruchs in eine Krankenstation verlegt zu werden.
Er erholte sich ein wenig und genoss die Zeit mit gutem Essen, in einem sauberen Bett schlafen zu dürfen ohne Ungeziefer, Schmutz und Belästigungen.

Sobald es ihm ein wenig besser ging, wurde er wieder ins Gefängnis überstellt.

Die Qualen gingen von vorne los und gingen nicht nur an die physische, sondern auch an die psychische Substanz – ausgelöst durch das Leid der Verurteilten, deren Erschießung sie gezwungenermaßen mit anhören oder ansehen mussten.

Diese schrecklichen Zustände dauerten auch für meinen Papa fast zwei Jahre, in denen er nichts von zu Hause und meine Mama auch nichts von ihm hörte.

Als die zwei Jahre ihrem Ende zugingen, spürten mein Vater und seine Mitgefangenen eine Veränderung im Umfeld der Lagerführung (ca. 1946). Die Gefangenen wurden aussortiert – einige kamen in Arbeitsverhältnisse und die anderen vor Gericht. Mein Papa wurde mit einigen Mitgefangenen vor Gericht gestellt. Hier wurde krampfhaft nach Gründen zur Verurteilung gesucht bis hin zur Exekution.

Bei meinem Papa hatte man als Grund Misshandlungen an Gefangenen während der letzten Kriegswochen im deutschen Gefangenenlager als Aufseher angegeben.

Beim fingierten Verhör hatte er praktisch keine Chance, sich zu verteidigen, geschweige denn sich zu Wort zu melden. Es wurde auf ihn eingedroschen, als wenn er der größte Verbrecher oder Mörder des deutschen Lagers gewesen wäre.

Als Gefangener, der zwar Französisch konnte, aber keinen Anspruch auf Verteidigung hatte, hatte er ohne Anwalt keine Möglichkeit auf Widerspruch gegen den konstruierten Vorwurf der Misshandlung von Gefangenen. Er hoffte trotzdem auf ein gerechtes Urteil.

Bei der Urteilsverkündung musste mein Papa leider zu seiner unfassbaren Erschütterung vernehmen, dass er zum Tode durch Erschießen verurteilt worden war. Das Urteil sollte unmittelbar nach Verlassen des Gerichtssaals am kommenden Morgen vollstreckt werden.

Aber das Schicksal wollte es anders!

Als er mit seinen Wachen – nervlich total gebrochen – mit hängendem Kopf das Gerichtsgebäude verließ, stieß er fast mit einem schwarzen Legionär der Franzosen zusammen. Mein Papa wurde zu seinem Erstaunen freundlich mit seinem Vornamen „Charles" begrüßt und gefragt, was er denn hier mache.
Er blickte auf und erkannte den ehemaligen Gefangenen aus dem deutschen Gefangenenlager, dem er seinerzeit den Pullunder gegen die Nachtkälte und den Schüttelfrost über den Drahtzaun geworfen hatte.

Mein Papa erzählte ihm von seiner Verurteilung zum Tode wegen angeblicher Misshandlung von Gefangenen und Vollstreckung am darauffolgenden Morgen. Der wieder im Dienst befindliche Legionär war empört über das Urteil und bat die Wachen zu warten und sagte: „Das kann nicht sein, weil es nicht stimmt, und ich werde das sofort richtigstellen." Für meinen Papa begann das große nervenaufreibende Warten! Schaffte der Legionär das Unmögliche oder nicht?

Nach mehr als einer Stunde kam er zurück und erzählte meinem Papa von der zähen Verhandlung, wo man ihn überreden wollte, das Urteil zu akzeptieren. Er ließ sich aber nicht beeinflussen und hat meinen Vater hartnäckig verteidigt, sodass der Richter zum Schluss nachgab und mein Papa wieder hineingerufen wurde.

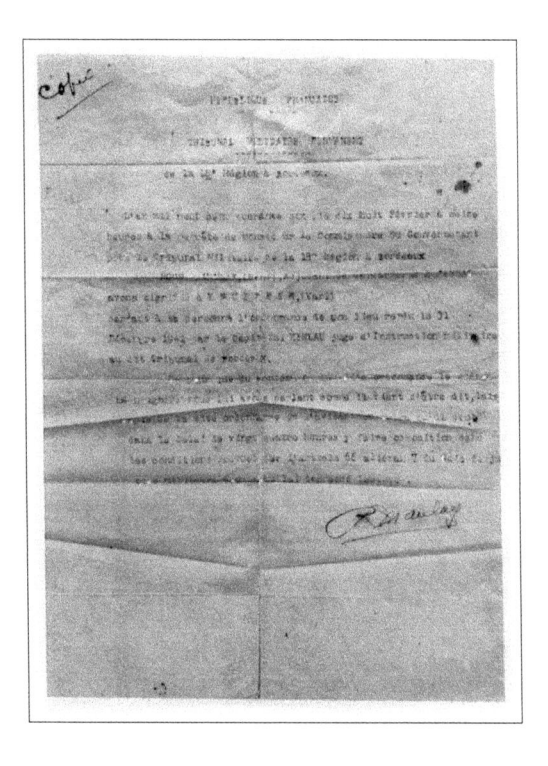

Gnadenhalber wurde das Urteil aufgehoben und umgewandelt in Zwangsarbeit auf einem Weingut. Zur Sicherheit erhielt er einen Brief, in dem das Urteil aufgehoben und in einen Freispruch umgewandelt worden war. Außerdem wurde ausdrücklich darauf hingewiesen, diesen Brief als Dokument innerhalb von Frankreich immer bei sich zu tragen, um eine erneute Verurteilung zu verhindern.

Nach dem glücklichen Ausgang bedankte sich mein Papa draußen vor dem Gerichtsgebäude bei seinem Lebensretter mit einer großen Umarmung; es war ein Abschied für immer!

Die Arbeit auf einem großen Schlossanwesen mit Weingut tat meinem Papa gut.

CHÂTEAU PAPE CLÉMENT

Nun durfte er endlich ein Lebenszeichen von sich geben. Die Familie zu Hause war, zu ihrer Überraschung und Freude nach zweijährigem Vermisstseins, überglücklich. Trotzdem mussten sie noch weitere zwei Jahre bis 1948 auf ein Wiedersehen warten.

Danksagung

Vielen Dank für die liebe Unterstützung an

Anna-Maria
Moni und
Mechthild

Die Autorin

Edith Slapansky, 1936 in der Bäk geboren, wuchs während des Krieges in Ratzeburg auf und absolvierte dort die Hauptschule. Aufgrund der großen Arbeitslosigkeit im Nachkriegsdeutschland nahm sie in Schweden eine Stelle als Kinderbetreuerin in einer Familie an und arbeitete später in verschiedenen Restaurantbetrieben. Später kam sie an der Seite ihres Mannes, der Wiener war, nach Österreich, wo sie noch heute lebt. Nach dem Tod ihres Mannes beschäftigte sie sich mit Astrologie und Reiki und lernte Ungarisch. Auslöser für ihre schriftstellerische Tätigkeit war, ihrer Großmutter für ihren grenzenlosen, aufopfernden Einsatz für das Überleben der Familie in den ersten vier Nachkriegsjahren ein Denkmal zu setzen.

Dies ist bereits die vierte Veröffentlichung der versierten Autorin im novum Verlag.

novum VERLAG FÜR NEUAUTOREN

Der Verlag

*Wer aufhört
besser zu werden,
hat aufgehört
gut zu sein!*

Basierend auf diesem Motto ist es dem novum Verlag ein Anliegen, neue Manuskripte aufzuspüren, zu veröffentlichen und deren Autoren langfristig zu fördern. Mittlerweile gilt der 1997 gegründete und mehrfach prämierte Verlag als Spezialist für Neuautoren in Deutschland, Österreich und der Schweiz.

Für jedes neue Manuskript wird innerhalb weniger Wochen eine kostenfreie, unverbindliche Lektorats-Prüfung erstellt.

Weitere Informationen zum Verlag und
seinen Büchern finden Sie im Internet unter:

w w w . n o v u m v e r l a g . c o m

Edith Slapansky
Der harte Weg zur Blumenkönigin

ISBN 978-3-99064-470-6
144 Seiten

Der berührende Lebensweg einer Wienerin aus ärmlichen Verhältnissen, die es, nach schlimmem Erleben im Kriegsdienst während des Zweiten Weltkrieges, schafft, ihren Traumberuf – Floristin – zu verwirklichen.

novum VERLAG FÜR NEUAUTOREN

Edith Slapansky
Oma lässt uns nicht verhungern (1945–1949)

ISBN 978-3-99064-787-5
164 Seiten

Die schweren Nachkriegsjahre, von der Autorin als Kind erlebt, werden am Schicksal einer Großfamilie im Norden Deutschlands in einer sehr nahegehenden und persönlichen Erzählweise dargestellt.

Edith Slapansky
So hatte ich mir meine Pension nicht vorgestellt

ISBN 978-3-99107-414-4
256 Seiten

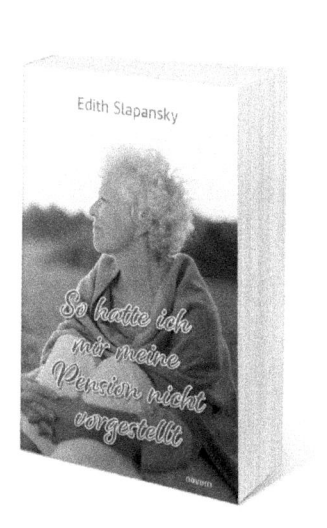

So hatten sich die Pensionäre ihren wohlverdienten Ruhestand nicht vorgestellt. Dabei sind die Probleme vielfältig: weniger Geld, ein gelangweilter Ehepartner, der mit seiner vielen Zeit nichts anzufangen weiß, Alkoholismus, Spielsucht und dergleichen mehr …

novum VERLAG FÜR NEUAUTOREN

Bewerten
Sie dieses Buch
auf unserer
Homepage!

www.novumverlag.com

Milton Keynes UK
Ingram Content Group UK Ltd.
UKHW021357011224
451693UK00012B/878

9 783991 468851